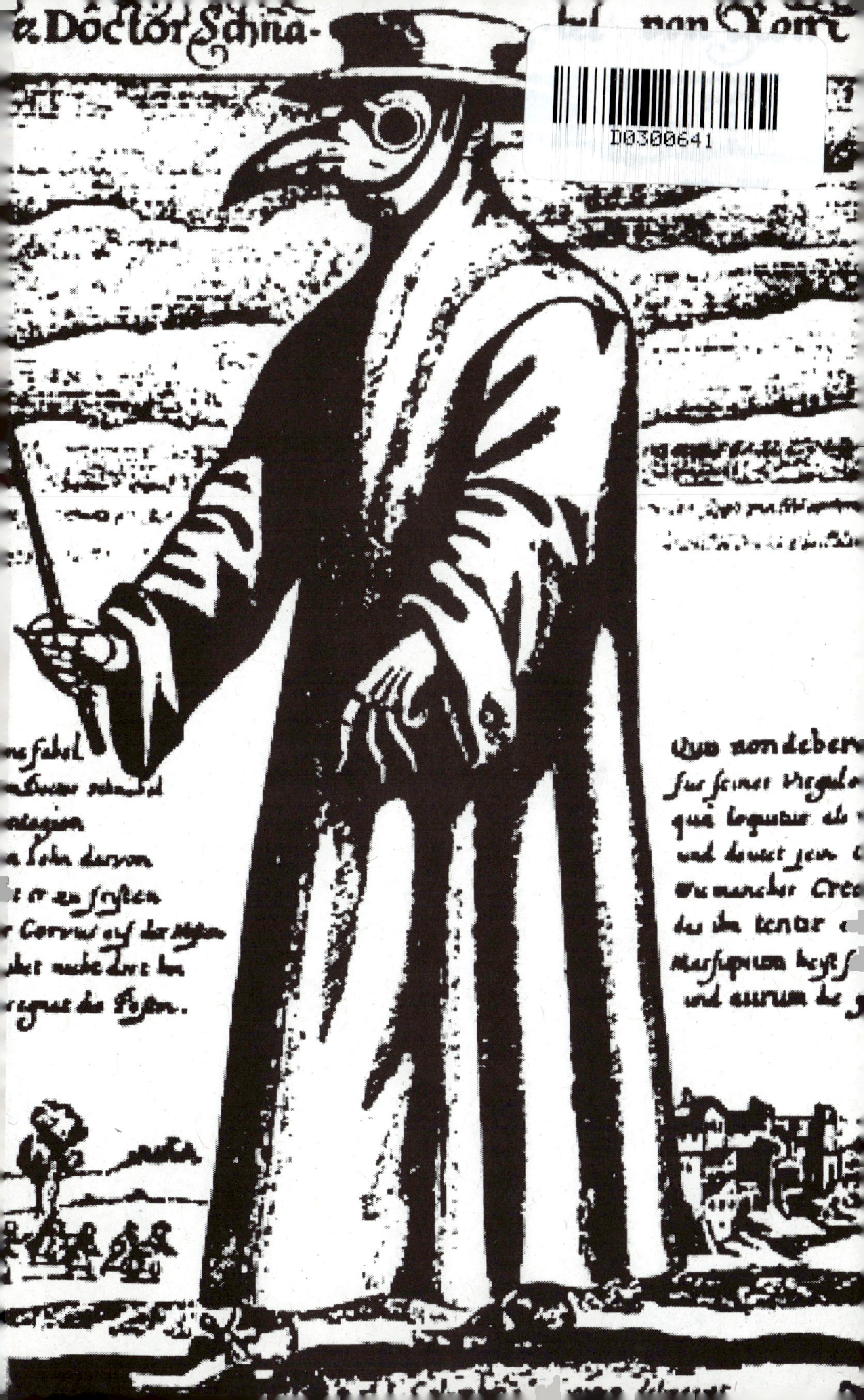
Doctor Schna-

La collection
ROMANICHELS
est dirigée par
André Vanasse

Du même auteur

Lomer Odyssée, Montréal, XYZ éditeur,
coll. « Romanichels », 2007

Blanca en sainte

Catalogage avant publication de Bibliothèque et Archives nationales du Québec et Bibliothèque et Archives Canada

Gariépy, Pierre, 1954-

    Blanca en sainte : roman

    (Romanichels)

    ISBN 978-2-89261-565-4

    I. Titre. II. Collection : Romanichels.

PS8613.A755B62 2009   C843'.6   C2009-941871-1
PS9613.A755B62 2009

La publication de cet ouvrage a été rendue possible grâce à l'aide financière du ministère du Patrimoine canadien par l'entremise du Programme d'aide au développement de l'industrie de l'édition (PADIÉ), du Conseil des Arts du Canada (CAC) et du ministère de la Culture et des Communications du Québec (MCCQ) par l'entremise de la Société de développement des entreprises culturelles (SODEC).

Dépôt légal : 4e trimestre 2009
Bibliothèque et Archives Canada
Bibliothèque et Archives nationales du Québec
ISBN 978-2-89261-565-4

Conception typographique et montage : Édiscript enr.
Maquette de la couverture : Zirval Design
Photographie de l'auteur : Martin Gariépy
Photographie de la couverture : Gustav Klimt, *Les trois âges de la femme*, 1905
Illustrations des pages de garde : *Docteur Schnabel de Rome*, gravure italienne du XVIIe siècle illustrant le docteur de la peste

Distribution/diffusion au Canada :
Distribution HMH
1815, avenue De Lorimier
Montréal (Québec)
H2K 3W6
Téléphone : 514.523.15.23
Télécopieur : 514.523.99.69
www.distributionhmh.com

Distribution/diffusion en Europe :
DNM-Distribution du Nouveau Monde
30, rue Gay-Lussac
75005 Paris, France
Téléphone : 01.43.54.49.02
Télécopieur : 01.43.54.39.15
www.librairieduquebec.fr

Droits internationaux : André Vanasse, 514.525.21.70, poste 261
andre.vanasse@editionsxyz.com

Imprimé au Canada

www.editionsxyz.com

Pierre Gariépy

Blanca
en sainte

roman

XYZ
éditeur

Romanichels

L'auteur remercie André Vanasse pour son amitié, le Conseil des Arts du Canada pour son soutien financier, et ceux qui aimèrent *Lomer*, aiment *Blanca* et aimeront *Pierre*.

Parce que Blanca, ma mère,

Pour Martin et Nathalie,

Théo.

À Ève.

Ils n'en mouraient pas tous,
Mais tous étaient frappés.

JEAN DE LA FONTAINE

He who desires,
But acts not,
Breeds pestilence.

WILLIAM BLAKE

Qui meurt a le droit de tout dire.

FRANÇOIS VILLON

1

أنا سوف أموت ولكن ابنى سوف يرى فلسطين, cela devait avoir
l'air de ça, mes derniers mots, ou de ceci peut-être
זיכרון, אהבה, אחווה, שלום, כבוד: מילים, comment tout ça résonnait dans l'air et le sang, le râlement, difficile de mettre en
lettres les râles agonisants, alors l'arabe et ses arabesques
belles, c'était parfait, et à l'hébreu marié, c'était plus que
parfait, rauque et sanguinolent et pas évident, comme la
paix j'imagine, ils étaient exotiques et plaintifs, mes sons,
mes mots derniers pour ceux en train de veiller mon agonie — je mourais en français après tout! — et moi j'y mettais toute mon âme et toutes mes forces pour qu'ils me
comprennent, mes deux petits qui m'écoutaient: on aurait
dit du sanskrit, je pense, ou de l'espéranto, mais de celui de
celle qui n'a plus rien à espérer.

Seule l'immense lamentation de la fin, en quelque langue
que ce soit.

J'essayais tant, pourtant, d'être comprise.

C'était tout ce qui comptait, et le temps manquait,
mais mes mots dans mes maux s'empêtraient, se mêlant
au sang entre mes lèvres bleuies, faisant des bulles,
bêtement, et ces mots allant être mes derniers, j'essayais
de tout mon pauvre instinct pour qu'ils soient français
au moins, et compris, et jamais oubliés par les deux à qui
je les adressais, ces morts mots, et je les imaginais tout

près, mes deux petits, mais j'avais beau articuler malgré les muscles figés de mes mâchoires, et fixer le noir dans mes yeux clair obscur, je faisais des bulles et n'apercevais déjà plus leur moindre silhouette, pas même leur ombre, à Pierre et à Rosaire, mais je les sentais là, surveillant ma française agonie toute en arabesques moyen-orientales, belles mais que seul Dieu aurait pu déchiffrer...

Et puis, Dieu merci, mes mots bulles dans mon sang ont éclaté en résonnant enfin clairement dans l'air :

— Faut m'oublier, mes petits, faut surtout pas oublier de m'oublier...

Ce sera mieux, j'ai pensé.

Et si j'en avais eu la force, j'aurais ri de moi-même en pensant que pour ne jamais t'oublier justement, Lomer, j'avais fait marquer au fer rouge ton nom dans mon front.

Mais j'avais juste la force de penser.

❑

Alors imaginez la scène, Lomer venait de mourir :

— Klaus, que je lui ai dit, cet amour-là, faut vraiment jamais que je l'oublie !

— Mon Ange, tu le veux où, son nom ?

Il m'avait déjà tatouée partout, Klaus, il me connaissait comme s'il m'avait dessinée.

— Pas le temps pour tes tatous, K. Fais juste chauffer tes fers. Qu'on fasse vite.

Klaus était artiste. Avec ses pinces, il a sculpté dans le feu, en forgeron des dieux, une tige de fer grosse comme ça, avec toute la beauté des signes de ton nom et de la façon dont tu le signais, Lomer, tout en *Palmer* dont tu étais si fier : L-O-M-E-R., dedans tout mon front.

Baroque *& Roll*...

Le fer, artistement plié et rouge de feu, a juste grésillé *pschittttttttt* au contact de ma peau — tout mon être a pleuré devant tant de souffrance —, mais c'était beau, ma peau.

L-O-M-E-R béatifié dans ma face, tel que je l'avais juré/craché, après que notre squat soit parti en fumée et lui en poussières, mon vieil amour.

Finie, notre odyssée.

C'était hier, ça.

Et, moi, je tenais toujours promesse.

Mon béant Lomer, *ferrougé* dedans mon front.

Qui saignait.

2

Tous se sont émus, quand je suis revenue parmi eux, devant ma plaie. Ça fusait de partout, les questions, *T'étais où, la Démone? T'es blessée? Qui c'est ça, L-O-M-E-R?*

— C'est personne, que j'ai rétorqué.

— C'était ton vieux! qu'on s'est mis à gueuler en chœur, pour me faire chier.

M'ont fait chier, en effet.

— C'est encore! que j'ai vociféré, du cœur, au présent et plus fort qu'eux.

Eux, c'était mon ancienne bande — le chœur s'entend —, mon ancienne bande d'avant Lomer. Je ne l'avais plus vue, ma vieille bande, depuis ce jour béni où justement je l'avais fait bander, mon vieil amour.

Tous ont fermé leur gueule, donc. Mon cri et ma peine devaient avoir un poids qu'elle ne me connaissait pas, ma bande, qui bandait déjà moins fort. Mes amis avaient l'air impressionnés, mous, eux si durs d'habitude.

Dans mon horrible tristesse, j'étais fière d'être plus dure qu'eux.

J'étais si fatiguée pourtant et toi si immortel. J'ai mis ton portefeuille, si lourd et usé, tu sais, — celui que tu me passais toujours quand j'allais nous acheter croissants et héro — bien calé contre mon ventre, le nôtre, pour le protéger, et j'ai dormi, au sein de ma meute, comme une louve à qui, en silence, on aurait redonné la place qu'elle méritait.

Et quand je me suis réveillée, mon front avait beaucoup saigné, mais Lomer, comme il était beau, ton nom, dans mon front!

Mon chœur m'avait laissée dormir, faire la grasse matinée. J'étais reposée qu'il batte ailleurs, mon cœur : j'ai pu m'étirer, et arracher les gales du haut de mon visa...

— T'es belle! qu'il m'a crié et j'ai cessé de gales gratter.

J'ai sursauté, et même pire. J'avais un peu honte de n'avoir pas vu cet intrus arriver. Mes réflexes s'étaient émoussés, faut croire. Je devais être encore fatiguée, ou trop usée déjà. *Belle*? Je me sentais si laide pourtant...

— T'es qui, j'ai dit?

J'étais encore surprise. Lui, pas, même qu'il a osé continuer :

— Ça te va bien, « la Démone ».

Ses yeux étaient trop noirs et je le haïssais, lui, juste parce qu'il était là, au moment même où je m'étirais, pour la première fois de ma pauvre vie d'après, ailleurs qu'en Lomer, et que je le grattais, Lomer dans ma face. Je l'aimais mieux clair, l'œil d'autrui. Le sien était foncé, trop.

Je n'ai, bien sûr, rien répondu.

— ...

— Tu réponds pas?

Bingo! j'ai pensé dedans moi.

Et j'ai ri. Intérieurement. Parce que. Après tout. C'était risible. Tout ceci. Après Lomer...

J'ai bien senti tout l'absurde. Cet apostrophant enfant était *autriste*. Je l'ai renvoyé à sa mère : *Va & Surtout, ne m'Aime Jamais*. Je n'étais pas *amourable*, comme la Gueuse était tout sauf *amourable*, pourtant mon Amour l'avait

Aimée, la Gueuse, avec tous les grands *A* du monde.
Comme il m'avait aimée moi…

— …, que je n'ai rien dit.

On ne répond pas, quand on rit tant dedans. En le fixant,
je l'ai non seulement fixé, lui, mais toute l'absurdité de ma
vie, dans le miroitement et l'encre de ses yeux, noirs et vifs
comme ceux d'un rat : je l'ai nommé « Ti-Rat » dans ma tête,
ça lui allait bien ce surnom, non ? J'ai essayé de lui faire peur
avec ma bouche *pssschitttt !* avec ma botte à talon de fer sur le
plancher qui a claqué — comme quand on essaie d'effrayer
un rat justement, et qu'on est un peu effrayé soi-même : geste
stupide et risible, dans ce cas qui nous occupe. Ti-Rat m'a
juste regardée, et m'a souri avant de s'enfuir. Et moi, je me
suis sentie conne. Et comme un peu bouleversée par lui.

Psssschittttt ! vraiment, quelle conne.

Je me sentais si chaude.

Quand on se fait marquer au fer rouge son nom dans
son front, au début, son front brûle comme quand on a de
la fièvre, évidemment, alors comment savoir si c'est la
faute du fer rouge, si c'est seulement normal ou si ça s'in-
fecte. Mais c'est peut-être aussi la malaria qui attaque, ou
juste la passion qui brûle en soi à cause de son nom, à lui,
dans son front, à soi.

Dans l'âme.

Et puis, j'ai cru entendre les sirènes.

J'ai eu envie d'aller voir leurs bateaux.

❏

Les grilles du port qui m'ont empêchée d'entrer
n'étaient pas là avant. *NO TRESPASSING !* — pas de tré-
pas ! — affiché partout sur des clôtures hautes comme en
prison, et qu'on ne peut pas sortir. Alors que, moi, je voulais juste entrer…

— Ouvrez! que j'ai hurlé, encore et encore, face à un cadenas gros comme ça.

C'était mon port à moi, après tout, et à mon homme.

Finalement, de l'autre côté du gros cadenas, un gros gardien a surgi. Il a frappé la grille méchamment avec son bâton. Gros, tous autant qu'ils étaient.

— Fous le camp, c'est fermé! qu'il m'a hurlé encore plus fort.

Et j'ai pensé dedans ma tête rasée et tatouée et tout le tralala, en tressaillant un peu je l'avoue, qu'il devait vouloir se moquer de moi, le garde gras, il n'y avait aucun sens à ce qu'il avançait dans ses propos gros: *FERMÉ? Depuis quand on ferme un port, Porc?* Je serais aussi absurde que toi en prenant même la peine d'expliquer qu'un foutu port, ça ne se fermait pas puisque c'est du port que tout s'évacuait vers la mer, que tout devait y être ouvert, à plein, sinon la ville constipait, la ville, et pas juste elle, le pays et le continent tout entier quand le port était gros, *gros comme toi, Porc*, et quand tout bloquait, c'était le drame, on pouvait en crever, *Emmerdeur!*

Faisait chier vraiment. Ou le contraire.

Et dans mes méninges, ça criait fort.

Mais je n'ai bien sûr rien dit de tout cela, il n'aurait pas compris.

— OUVRE! que je me suis juste contentée de conclure bruyamment.

Le porc n'a pas voulu conclure comme moi, cet insensé cochon du Moyen Âge.

Si la grille entre lui et moi n'avait pas été là, son coup de bâton m'aurait arraché la tête et tout ce que je pensais en elle. *CLIiiiiiiiiiiiiiiiiiiNGgggggg!* ça résonne, du métal tricoté.

Un réflexe, j'ai voulu lui agripper le bâton, au con, à travers les mèches, et tant mieux si j'attrapais ses doigts, pour que je les lui casse, mais c'est les miens qu'on a agrippés, de doigts, fins comme ceux de la pianiste que j'aurais pu être, si...

Mais, *chut* : le mal de mes doigts qui s'apprêtaient à casser m'a fait brailler, même si j'aimerais mieux ne pas en parler.

— Lâche-moi !

Je le tutoyais, évidemment. On était devenus intimes. Si au moins ç'avait marché. Ç'a juste cassé un peu plus.

Il continuait.

— Attends que je t'encule, connasse. Je vais ouvrir, juste pour te *fou*...

Et puis — d'un coup ! — un bruit beau, comme le dernier blasphème de celui qui vient d'apprendre qu'il part pour l'enfer : final et horrible !

Bref, le gardien n'a jamais fini ses impolis mots. J'étais contente. Mes mains n'ont plus été soudées à la clôture, non plus — j'ai eu moins mal soudain.

En m'arrachant à son agrippement, au fur et à mesure qu'il s'incrustait, agonisant, dedans le fil tricoté d'acier qui nous avait fait nous rencontrer, moi et lui, je dois avouer que je l'ai presque trouvé touchant.

Presque, et pas longtemps.

Moi, c'était le bulldozer qui me touchait vraiment. Le *bull* derrière le porc, s'entend, toute pelle devant, qui soudait le gardien, contre la grille, pour en faire un BBQ, on aurait dit.

— *Ooooooompph !* que je l'ai probablement entendu braire dans son cœur si jamais il en avait un, entre des dents pleines de sang, et même ses oreilles, qui éclaboussaient. J'en ai eu plein sur moi.

— T'as pas le sida j'espère, que je lui ai craché, mais déjà il n'entendait plus je pense, ça fait ça, l'Agonie...

J'aimais le bulldozer qui travaillait, derrière l'agonisant laid qui trépassait, ma foi, malgré toutes les interdictions.

C'était un peu drôle finalement.

Et puis c'est beau, la déconstruction.

De l'architecture à l'envers.

De l'archéologie…

Une pelle. Un porc coupé en deux. Du sang partout. Mes doigts, après tout, pas si cassés que ça. Et un port qui s'ouvrait, puisque la clôture explosait, parce que le *bull*, et mon porc entre lui et moi, qui semblait se liquéfier…

J'allais revoir notre port, Lomer.

J'allais *trespasser*…

— Démone, c'est moi !

— Ti-Rat, c'est toi ?

J'étais éberluée. Pas lui.

— J't'aime ! qu'il a continué de crier.

— Ti-Rat, j'ai répété stupidement. Il venait de m'ouvrir la voie, c'était fin, non ? J'étais touchée, mais alors là, puissamment, même s'il lui avait fallu tuer pour.

Mais ç'a été plus fort que moi :

— Pschiiiiiiiiiiit, j'ai réagi tout haut, avec mon talon ferré contre l'asphalte.

Je n'ai pas pu faire autrement. Réflexe à la con, d'accord. Mais, Dieu, que j'étais émue, et je voulais qu'il ne s'enfuie jamais, mon émouvant petit.

La grille a fini d'exploser et mon garde avec. Ça doit être ça, une bombe humaine. Ça se scie en deux, d'un seul coup, et tout soi devient tous, viscères et tout le tralala.

J'étais rouge du sang de l'autre. Et verte de ses tripes.

Ti-Rat avait l'air de m'admirer, comme devant une belle peinture.

J'ai ravalé mon rire et l'ai semoncé :

— T'as pas l'âge pour conduire !

— J'ai mon permis de l'Amour, qu'il a continué, en prenant ses grands airs. Et je t'Aime d'Amour, qu'il a encore poétisé.

— Alors, fais-moi voir des bateaux, que j'ai finalement craqué.

Ti-Rat a reculé son engin, ç'a fait *bip-bip-bip*, c'est important, la sécurité. Une masse moyenâgeuse s'est affaissée sur l'asphalte derrière le cadenas gros comme ça, plus du tout gros comme ça, soit dit en passant. *Because le Bull.* Tout en miettes qu'il était, le cadenas, comme la clôture qu'il barrait, comme le gardien qui le débarrait quand tout a commencé : l'éternel recommencement, le cercle vicieux, la vie, quoi, ou la mort.

— Viens voir des bateaux, qu'il m'a enfin dit, mon petit assassin.

J'avais deux fois son âge, à lui, et j'avais à peine 18 ans, même si j'en avais 100 dans mon ventre, ma tête — c'était qu'un ti-cul, ti-rat —, et déjà il conduisait, un *bull*, et il *killait*, *un* pig. J'en ai donc conclu qu'il était un intéressant jeune animal et je suis venue à lui, enjambant mailles de stainless, lambeaux en sang et miasmes de viscères.

Je me suis retrouvée toute mouillée.

Depuis Lomer, je venais, pour la première fois, de venir.

C'était bon, l'air du large.

3

Mais comme ils avaient changé, Amour, nos quais! À part nos sirènes, et même encore — ils manquaient de souffle, nos pauvres navires —, rien, mais plus rien n'était pareil. À commencer par le vieux commissariat qui, autrefois, trônait.

Rasé, qu'il était, comme ma chatte.

Encore heureux, que j'ai pensé, vu mon entrée plutôt fracassante. On était tranquille, au moins, mon sauveur et moi. Même qu'on l'était trop, tranquille je veux dire, considérant ce que des quais se doivent d'être, grouillants s'entend, vociférants, débordant de marchandises et d'hommes reluisant de sueur — envers et contre la machinerie, vertigineuse et voleuse de jobs, et les Everest de containers —, le peu d'hommes qu'il reste reluisent encore, ne serait-ce que pour être à la hauteur des Everest qui leur permettent de vivre — même à 30 000 pieds, paraît-il, et dans les neiges éternelles, l'homme sue et reluit dans la nuit, parce qu'il a peur et qu'il joue sa vie — mais aucun homme au port, ou presque, ne jouait à rien, et ça m'attristait au fur et à mesure que nous déambulions, le petit et moi, dans l'Himalaya de nos docks, Lomer, l'air me semblait rare dans ce désert d'hommes, et j'ai eu l'impression, dans toute cette mer de tranquillité et tout cet improbable silence indigne d'un port, que je venais d'être projetée dans un autre temps, un autre espace. Une ère nouvelle, ou vieille.

Une fausse époque.

Une dimension fêlée…

❏

— C'était comme ça, avant ?

— Comment ? j'ai répondu à Ti-Rat en déambulant.

Je n'avais plus de réponses, juste des questions.

— Y a pas un chat, ici ! que Ti-Rat a murmuré tout haut. J'ai pas vu même un rat, qu'il a continué de murmurer.

— C'est plus pareil, qu'angoissée j'ai dit, à bout de mots.

— Pas normal, hein ?

— …, que je me suis tue.

Je n'arrêtais pas d'être bouche bée devant lui, l'Enfant rat, et encore une fois, je n'avais rien à ajouter tant le silence était plus fort que moi, alentour, et pas normal ce silence, je l'avoue, horriblement pas.

Et la paralysante paralysie qui régnait aux docks.

Ti-Rat, cette fois-ci, a respecté mon mutisme. *Il gagne à être connu, le Petit,* que je me suis dit en continuant de le suivre dans tout ce *cimeterre* ferme…

— Viens, tu n'en croiras pas tes yeux, Démone.

Tu verras bien, qu'il voulait dire, le Petit.

Et les quelques rares personnes qu'on croisait — à leur insu car on se faisait discrets —, en chemin vers notre ultime destination, un hangar immense, ces personnes, donc, avaient une drôle d'allure. J'ai pensé à des corbeaux. Et le caoutchouc de leur plumage faisait peur. Ni vus ni connus, jusqu'au hangar, *réfrigéré* c'était marqué, le numéro 18, je m'en rappelle encore.

À cause surtout de la fumée que sa cheminée, comme une fusée, vomissait.

Avec Ti-Rat, je me suis immiscée par un trou, quoi d'autre, et même si j'étais plus grosse que lui, même toute maigre, j'ai fini par passer, dans ce trou à rats, je veux dire.

Je n'aurais pas dû.

— Pas normal, hein? qu'il m'a répété, l'enfant.

Et en voyant, j'ai bien vu qu'il avait raison, l'enfant. J'en ai retrouvé ma voix:

— Non.

Et dans l'horreur ambiante, et malgré la nausée et l'étonnement, j'étais fière de n'être plus muette. C'est fou ce qu'un seul mot peut faire, *non*?

L'horreur, mais laissez-moi vous dire.

Des rats.

Deux mots, seulement, je l'avoue, mais c'était déjà mieux qu'un seul, je retrouvais tout mon vocabulaire, me semblait-il, moi qui en avais tout un, de vocabulaire, quand j'étais petite, à l'école j'avais tous les prix, avant d'être devenue *la Démone*, parce que finalement il n'y avait rien de tout cela qui avait une quelconque importance, médailles/prix/vocabulaire maudit, j'étais maudite donc, et, heureusement, j'avais rencontré Lomer: normal qu'on en perde son latin, si vous voyez ce que je veux dire.

Et si vous voyez, inutile pour moi de dire un mot de plus. Une image ne vaut-elle pas mille morts? Mais voyez plutôt, moi, je me tais.

Des rats. Des tas et des rats. Morts. Pelletés sans arrêt, tant il y en avait, par des hommes dont le latex reluisait, tel leur peau dans les cargos d'avant, alors que c'était du charbon qu'on pelletait.

Mais ce four était grand comme un cargo, et c'est des rats morts qu'on y engouffrait.

L'Enfer.

Imaginez.

Incinérer des montagnes…

De vrais oiseaux de malheur, ceux qui incinéraient.

Tout caoutchoutés, avec des masques comme des becs.

Treblinkrat.

Les animaux avaient bel et bien pris possession de la terre. J'en ai vomi, normal, et hoqueté tout haut :

— C'est quoi ça, Ti-Rat ?

En m'essuyant, Ti-Rat n'arrêtait pas de chuchoter :

— C'est pas normal, ils sont tous morts, les rats, j'y comprends rien, Démone. C'est la fin du monde, je pense, qu'il a conclu en finissant de m'essuyer.

Et puis il m'a pris dans ses bras d'enfant, et m'a bercée comme si c'était moi, l'enfant. Dieu que je lui étais reconnaissante, en me laissant bercer.

— Oui, j'ai dû dire, mais je ne pourrais pas le jurer.

Mes mots venaient, d'un coup, de me lâcher, encore.

J'ai sans doute juste hoché la tête entre ses enfants bras que j'aimais...

4

Et quand il m'a enfin sortie de là, je l'ai sommé de foutre le camp — c'est ça l'Amour, rien à comprendre! — j'avais juste besoin d'être seule avec toi, Lomer, alors on s'est installés, moi et toi, au sommet des containers qui traînaient là, face à la mer, je voyais le soleil qui essayait de se coucher dans le glauque de son eau, à notre mer, et c'est comme s'il rebondissait dedans, le soleil, parce que l'eau était trop dense de fuel, c'était de la boue, Lomer, et le soleil ne pouvait plus se coucher vu l'épaisseur de l'eau, et cela aussi était, soit dit entre nous, plutôt anormal.

Le soleil ni moi ne voulions nous coucher.

Il faisait assez clair, donc, quand je me suis mise à te lire, Amour de ma vie…

J'ai ouvert ton portefeuille à cet instant-là. Ça, je l'avais fait mille fois avant, histoire de payer nos choses. Et je me suis mise à fouiller dedans, au delà de l'argent, pour en voir le tréfonds.

Ça, c'était la première fois. Je n'avais jamais fouillé, avant, dans l'intimité de Lomer. Il me faisait confiance, Lomer, je ne l'aurais jamais trompé, c'est ça l'amour, on ne fait pas les poches de celui qu'on aime en prétextant un quelconque lavage, ça s'appelle du vol, faire les poches, pire encore, c'est du viol, quand c'est de son amoureux qu'on fait les poches, avec le morbide espoir d'y trouver un

carton d'allumettes avec un numéro et un prénom griffon-
nés sur son revers, histoire de se casser la tête avec, et de se
briser le cœur et le cœur de celui qu'on aime...

J'étais une femme fidèle, moi, mais j'étais veuve maintenant, et les veuves ont des droits, non, puisqu'elles n'ont
plus d'obligations ?

Dans son porte-monnaie, outre la monnaie justement, il
n'y avait rien d'autre évidemment, sauf sa carte de marin,
à mon Lomer, quand il avait 16 ans, avec dessus son
adresse chez ses parents. Et dans le dernier repli desséché
du cuir en presque miettes, en miettes ou presque, deux
bouts de papier avec son écriture dessus.

L'art avec lequel je me suis alors mise à examiner ce
papyrus était digne des plus grands archéologues. Tiens,
archéologue, pas trop mal comme job que j'ai pensé dans
moi-même, et puis j'ai vite repensé le contraire, très peu
pour moi, les momies et toutes leurs malédictions, non !

J'en avais bien assez de ma vie maudite, de cette malé-
diction d'avoir vu un jour le jour, en une ère si désespé-
rante. Moi, je ne serais jamais assez méchante pour faire
cela à un enfant, mais bref, il y avait eu Lomer, et cela avait,
j'imagine, valu la peine...

Au faîte de ma pyramide de containers, j'ai lu les
manuscrits de Lomer mort. Comme elles étaient belles, tes
arabesques, tes signes vitaux, tes marques qu'on pouvait
comprendre, elles :

Dans le port où l'on buvait, la rumeur déjà courait.

Ils allaient arriver demain, les nouveaux mariés hollywoo-
diens, pour une escale de quelques heures, ici, deux grandes stars
en voyage de noces autour du monde, vous savez cet acteur dans
ce film si connu, il manque de mourir à la fin, j'ai du mal avec les
noms, et sa nouvelle femme, sa cinquième paraît-il, actrice elle
aussi, vous l'avez vue dans le rôle de cette vamp sans merci et

*blonde à mourir, je vais si peu au cinéma : la Pathé News, déjà,
était sur place, avec toutes ses caméras.*

Et demain, la rumeur a accosté.

Quel bordel beau…

*« Regarde, Petit, te v'là une star ! » et son rire a fait trembler
le Luxor, plein à craquer de tous nous autres, et tous ont vu
aussi, avec la Gueuse et moi, en me criant des noms, puisque
j'étais là, sur l'écran grand, et Monsieur Hollywood qui me
serrait la main, moi qui ignorais tout de lui, même son nom, et
c'est son nom qu'il était en train de signer sur la peau de mon
bras, pendant que les flashes crépitaient, je n'avais pas de papier
et j'en n'avais rien à foutre de son autographe, alors il me signait
le bras pour la caméra, et moi j'avais l'air ahuri, j'étais si soûl et
j'avais du mal à comprendre, et puis il parlait américain, mais où
diable était sa femme, je pensais, elle devait être plus belle que lui,
tout cela en un instant, et puis on voyait le port, le nôtre, de leur
paquebot qui s'apprêtait à repartir, et M. Hollywood sur le pont
qui disait adieu au peuple des docks qui l'acclamait, et juste là,
dans un coin sale de l'écran, soudain, parmi la foule, minuscule,
un mouchoir à la main et qui criait avec les autres, ma Gueuse,
une adolescente on aurait dit, une fana : voyez-vous comme elle
est belle ?*

*Comme toute gênée, la Gueuse se blottit contre moi : elle
s'était aperçue à l'écran.*

*« J'aime bien les étoiles, tu sais, Petit », qu'elle m'a juste
murmuré, et comme cela m'a touché.*

*Nous et les copains, on a passé la journée et toute la soirée au
Luxor, pour se revoir aux Actualités. On a bu, mangé et fumé.
Certains, au balcon, ont baisé.*

Le programme double n'était pas mal non plus.

Nous l'avons vu en triple.

En fin de compte, c'est OK le ciné.

Wow !

J'avais été l'amoureuse d'une star de cinéma. Et il ne s'en était même pas vanté — l'humilité de cet homme… — c'était beau, avant, le cinéma, faut dire. Les stars, il y en avait, dans ce temps, et pas juste au ciel. Au ciel, maintenant, il n'y en avait même plus, d'étoiles, alors au cinéma, imaginez.

Et puis un drôle de vent s'est mis à émietter, mais vraiment, entre mes doigts, le vieux papier, et l'a soufflé vers le large…

Quand j'ai quitté les quais pour retrouver, du bas, la ville, j'avais l'autre écrit de Lomer, profondément enfoui dans mes petites culottes. Et je jouissais de ce que je m'apprêtais à lire de lui, mon amourable poète.

Une bande jaune en plastique avec *POLICE DO NOT CROSS* dessus avait l'air de remplacer les grilles que Ti-Rat avait réarrangées avec son *bull*, et le garde semblait toujours là, sous sa couverture pour les morts, avec la flicaille qui grouillait tout autour.

Moi, *JE NE CROSSAIS JAMAIS LA POLICE*, alors j'ai fait stop. J'ai remarqué un beau mec qui s'affairait — il m'a remarquée le remarquant, de l'autre côté de la jaune bande — et j'ai su : il l'avait connu, Lomer. Les rides de ses yeux clairs le confirmaient. Il m'a juste souri, alors qu'un jeune agent essayait de m'approcher, comme si j'avais eu quoi que ce soit à voir avec la scène en question. J'ai souri au bel inspecteur qui a crié NON au jeune poulet. Il a reculé, le poulet. Il m'a laissée passer. J'ai dû presque enjamber le porc. Mort.

Et je me suis souvenue, avec tous ces animaux et ces bateaux autour, de Noé et de son Arche.

Je me suis mise à courir vers ma tanière, par peur du Déluge et de me mettre à Croire en toute cette Merde…

5

Pas de déluge, pas même de révélation quelconque. Juste l'aiguille dans mon bras et puis tout le réchauffement du monde avec, dans le restant de ma carcasse.

Chaque fois, je comprends ma chance.

J'ai de la veine, finalement…

Je me suis mise à lire le dernier manuscrit de Lomer :

Parlant famille, mon frère est venu me chercher. J'ai failli mourir en le voyant. Il a dû savoir par ma lettre, le cachet de la poste ou quelque chose, je pense. Ils ont bien failli me retrouver. C'était ce midi. J'ai eu peur.

Il sortait du commissariat du port, j'ai tout de suite reconnu son air, de famille, et comme l'image d'un souvenir de vacances. Il ressemblait à mon père, mon frère, mais qu'est-ce qu'il foutait ici ? Mes parents devaient s'inquiéter, ça faisait un bail, mais merde, je leur avais fait mes adieux, ils auraient dû me prendre au sérieux, quand à la mer j'étais parti.

S'il fallait que la Gueuse sache.

Elle me voulait tant sans préhistoire. Sans passé. Sans famille. C'était tant elle, après tout, toute la mienne. De famille.

De loin, j'ai regardé mon frère s'en aller.

J'ai allumé une cigarette. Une turque.

Peut-être venait-il m'avertir de quelque chose de grave, j'ai pensé, la mort de mon père ou de ma mère, peut-être avais-je

hérité gros ? Et si j'étais mort, ou fou, qu'ils devaient tous s'in-
quiéter, avec mes silences, et ma seule lettre surtout ?

Il marchait tristement, le frère, en regardant partout alen-
tour, au cas où sans doute il m'apercevrait. Le pauvre,
m'aurait-il seulement croisé bien en face qu'il ne m'aurait
même pas reconnu, j'avais trop changé, trop grandi, il avait
dans la tête un enfant, j'avais cent ans maintenant, frérot, tu
comprends ?

Et puis, je l'ai vu monter dans sa bagnole, mettre en marche
le moteur. C'était mon enfance qui foutait le camp. J'ai eu les
yeux pleins d'eau, pardon. Je me suis mis à courir, je n'ai pas pu
faire autrement. Mais l'auto déjà s'était engagée, la voie était si
libre brusquement. J'aurais tant voulu le rattraper. Je courais
derrière, gesticulant, attends ! Mais j'avais trop attendu,
justement, et la voiture roulait devant ; il conduisait vite, mon
frère. On aurait dit qu'il se sauvait. C'était comme si c'était moi
qui l'avais cherché plutôt que lui.

Peut-être a-t-il vu, dans son rétroviseur, un pauvre et vieux
fou qui courait après lui, et il a eu peur, frérot. Il n'a jamais
ralenti. Ce fut le plus près que j'aie été, depuis mon embar-
quement, de ma famille de sang.

Ma Gueuse aurait été fière, si même enfin je lui en avais
glissé mot.

— T'as fait quoi aujourd'hui, Petit ?
— Rien, et j'étais encore à bout de souffle.
— Bien.
Je respirais de nouveau.

Et moi je m'en étouffais à me la *rejouir* encore et encore,
dans ma tête, cette dernière phrase de lui, parce qu'elle
prouvait qu'il n'était pas mort, mon Vieux, qu'il respirait
toujours, que toujours il respirerait, immortel qu'il était,
j'avais toi gravé en moi, et toi — en y pensant, j'ai pleuré —,
t'as son nom, pas le mien, sur ton sexe, tu me fais chier ! Tu

aurais ri, comme toujours, quand j'étais jalouse de la Gueuse, Lomer. *Démone, quelle enfant tu es*, tu disais… Mais je suis grande maintenant, et je dis : *quel triangle infernal on fait, nous trois*, même si je pleure parfois. Je voudrais tant être ta seule, n'être que ligne droite avec toi : le chemin le plus court entre deux points.

J'avais un peu mal au cœur, ça devait être le manque — de mon héros, ou juste d'héro ? — j'allais me piquer encore, on verrait bien.

Ma meute était de retour en notre tanière.

— T'étais où ? que la meute a clamé.

Déjà, de moi, elle voulait reprendre droit de cité, sa Louve. Je me suis sentie Rome.

Alors j'ai rien dit, pendant qu'on me shootait. Ça m'a relaxée, oui, mais pas ôté la nausée. Ce n'était donc pas l'héro, Rome…

Ah bon…

J'ai juste vomi, comme entre deux plats, à une romaine orgie.

Pour se faire de la place.

Et j'ai décidé, dans mon délire, d'aller découvrir ton frère, Lomer. Quand Rome on est, tous les chemins mènent à soi ou à son frère ou au tien. C'est bien connu.

La *Famiglia*, c'était sacré, non ?

Puis j'avais besoin de ton sang.

Une vampire d'amour…

C'est seulement con ? Juste con. C'est toujours con, quand on court après l'Histoire. Après le passé. Ça tue le futur, le passé. Ç'allait me tuer, ton passé. Mais je me suis mise, quand même, à courir après. Je suis conne, je le sais. Et je serais morte, bientôt.

Bientôt, je mourrais. C'est la vie.

Mais au moins, j'aurai rattrapé ton passé et assuré notre avenir, immortels que nous serions — c'est beau d'être immortels ensemble et, plus tard, personnages d'épopée, imagine...

Je l'avoue, j'étais comme en plein rêve :

— *Pierre*, tu trouverais ça comment, Lomer ? que j'ai pensé tout haut, dans mon stupéfiant délire.

— *Pierre*, c'est beau, Blanca...

Et cela était ton âme, Lomer, en train de me répondre.

C'était la première fois, depuis j'ignore quand, qu'on disait mon nom, tout haut, même dans ma chauve tête, Lomer l'avait dit tout haut, et Blanca résonnait en moi comme un écho qui n'en finirait jamais — tant mieux, c'était moi, Blanca, et c'était beau, non, comme nom ?

Alors j'ai continué de rêver qu'il me disait OK, Lomer, *Pierre*, il trouvait cela OK, LOve.

C'était quand même quelque chose, la paternité.

Et d'être mère avec Lui, comme avec Dieu le père.

C'était quelque chose aussi.

C'est quand même beau, la Vie — comme Lui.

Alors là, j'étais en plein délire, et plutôt bien.

J'entendais même des voix, des belles :

On aurait dû t'appeler Marie, Blanca, tu aurais pu ainsi mettre au monde Jésus au lieu de Pierre, et puis, tu étais sainte déjà, petite, toutes les médailles d'excellence qu'on t'accordait au collège t'auraient noyée, leur lourdeur s'entend, si jamais tu étais tombée à l'eau.

Le Fleuve était si près du collège à toi.

Tu n'es jamais tombée à l'eau, Blanca, tu es restée loin des vagues. Tu n'as même jamais appris à nager, sauf en chien. La proximité d'un fleuve suffit...

J'étais plutôt bien, et même plus.

L'héroïne, dans le sang de mes veines, était bonne. De divaguer ainsi m'apaisait. Je n'avais plus mal nulle part enfin. *Tu le traversais, toi, à la nage, Lomer, notre fleuve, le Rubicon, tu m'aimais pourtant, même si nager je ne pouvais pas,* mes médailles étaient trop lourdes, souviens-toi, je fus si bonne écolière et tu aimais ça, les écolières, même si cancre j'étais devenue depuis longtemps, quand on s'est rencontrés. L'héroïne, c'était moi, mon héros, et on aimait ça, l'héroïne dans nos veines. Ça nous apaisait, tout le temps.

J'étais ta chair blanche…

La blanche avait cela de bon — en plus d'avoir mon nom —, elle rendait vivable la vie, la souffrance moins souffrante. Et puis c'était la seule drogue bonne qui nous restait encore, la plus commune et la plus pure et la moins chère.

L'Afghanistan, avec tout son pavot, n'était pas devenu Maître du Monde pour rien, après tout.

Même l'espace d'un instant, un rush.

C'était mondial donc, c'était comme l'alcool avant.

Junkie, juste un mot comme un autre désormais.

Le look junkie n'était pas seulement à la mode, c'était la seule mode qui nous restait.

De la drogue partout, pour tous et Dieu merci.

Tant et si bien que c'est les seringues qui sont devenues rares. À vrai dire, impossible à trouver, à voler ou autrement. C'était beau le progrès, pas étonnant alors qu'on faisait fi de la fin du monde, en remerciant son aiguille, ne la prêtant à personne, bien sûr, sauf quelques rares fois, à quelqu'un qu'on aimait désespérément, en espérant que l'amour serait plus fort que la mort, mais ça ne m'est jamais arrivé, à moi, sauf avec Lomer.

Mon sang, le tien, c'était le même.

Alors, l'aiguille…

J'ai *repistonné* le piston.

J'ai *rushé*.

Quand une aiguille pique mais ne pique même plus… Et puis monte la dope en sang, puis y retourne avec, en veine, pistonnée dedans.

Le bel et immense *oubliement* qui, un instant, dure.
L'instant qu'il faut pour vivre un autre instant.
Et je faisais du pointillisme avec mes veines.
J'étais Seurat au féminin.
Tout le Pointillisme, c'était moi.
Un point — ou deux —, c'est tout !

6

Ti-Rat m'a réveillée net, avec ses cris.
Adieu mon rêve.
M'emmerde, lui!

Je voyais mal, tout était flou sauf quelques lambeaux psychédéliques de songes. À vrai dire, je ne voyais rien. J'avais froid, c'est tout. C'était chaud la mousson, pourtant. La pluie dehors et son bruit étaient beaux. Pas ses cris ici, à Ratpetit.

Ça me piquait partout — l'héro veut ça —, bref, mon attention s'est portée sur notre crierie.

Ils s'amusaient avec, mes mecs. Le petit, je veux dire, un jouet qu'entre enfants ils se disputaient, parce qu'ils n'avaient rien d'autre à faire, à la suite de l'aiguille, la bouteille et l'excitation du jour passé à faire les grands.

À peine une initiation.

Un petit jouet, vous dis-je…

Ti-Rat était lancé de l'un à l'autre, botté ou autrement, avec chaînes et poings américains, et en passant, on l'embrassait sur la bouche en sang, et tous étaient bandés, sauf lui, et en le frappant, on mettait la main dans ses culottes, pour voir, pour encore plus s'exciter, et le petit qui voulait faire son grand en fermant sa gueule, en encaissant — il voulait tant faire partie de la bande —, en se laissant embrasser, la gueule fermée mais la bouche ouverte, ensanglantée, sans un mot sauf les cris malgré lui, et les mains qui n'avaient plus de raison dans ses culottes, parce qu'il n'en avait plus, de culottes, on n'avait qu'à se servir, et le petit était grand, il bandait maintenant, la souffrance fait cela, parlez-en aux pendus…

C'est moi qui ai hurlé, quand on s'est mis à l'enculer, mais vraiment ! Assez, je me suis dit, c'est assez : vous auriez dû m'entendre hurler.

Mes mecs, d'un coup, j'ai fait débander : coït interrompu. Il pleurait comme un enfant — normal, c'en était un —, il avait tué pourtant, par amour pour moi, c'était grand, ça, mais là il était si petit, alors qu'il se traînait vers moi, pour venir se lover au creux de mes bras à la Seurat. Je l'ai tenu, comme sa Mère avec Jésus. On n'a rien dit. On ne pleurait même pas. Je me suis mis à lécher son visage et son sang. Il se laissait faire en ronronnant. C'était beau.

L'hystérie ambiante s'était muée en endormissement respectueux. La beauté a ça de bon, elle transfigure même les fous. Mes petits fous, donc, débandés, se mettaient à ronfler, au fur et à mesure que l'un ou l'autre de ces voyous s'abandonnait aux bras de Morphée. Et puis, tout le monde a dormi, sauf moi.

Je reniflais l'air, en veillant Ti-Rat…

7

L'ère était comme nous, maladive, et plus le temps passait et plus ça puait l'Apocalypse partout, jusqu'entre nos cuisses.

On s'est mis à parler de *tiers-âge* comme, jadis, on parlait de tiers-monde, nous en faisions tous partie, du tiers-monde, où que l'on soit, la Terre entière manquait de tout — on jalouse moins dans le dénuement, ou plus, cela dépend —, alors c'est d'Âge dont il était question, imaginez le Moyen Âge en pire, en tellement pire…

C'était, maintenant, l'ère impossible à respirer.

Alors, évidemment, le Grand Mal en a profité.

C'était une beauté, comment le Mal s'est installé…

❏

Tous n'en mouraient pas, mais tous étaient frappés.

La Peste, la vraie de vraie, la noire mais nouvelle et améliorée, mutante…

Putain !

Quand les rats meurent, c'est parce que la peste, ou vice-versa, les rats ne meurent pas d'habitude, mais la peste fait cela, aux rats, d'abord, quelle étrangeté, non ?

C'était donc cela, le *Hangar 18*…

Il n'y avait plus de rats vivants. C'était la peste qui pullulait. L'une n'allait pas sans l'autre. Moi, c'était les rats qui m'avaient toujours le plus dégoûtée. J'avais tort.

Vous auriez dû voir la peste aller.

Ma seule consolation était que Lomer n'avait eu à endurer que les morpions et la chaude-pisse. Et la réglisse, à la rigueur.

Comme la peste fesse…

Mes loups, eux, se sont mis à tomber comme des mouches, mes voyous, ma bande, si fière pourtant, s'est mise à vomir, à maigrir, à mourir. À noircir. Comme le reste de la ville, du monde entier. Moi, je vomissais beaucoup, mais je ne perdais pas de poids, au contraire.

Ce n'était pas normal, ça non plus.

❏

Et puis, un beau matin, j'ai flashé.

Et si j'étais…, vous comprenez ?

Pour le savoir, j'ai troqué mon hypo contre un test de grossesse à peine périmé, au marché où l'on troquait. Un trésor contre un autre. L'argent ne valait plus rien depuis longtemps.

J'ai pissé, repris mon souffle, vu la couleur changer dans l'éprouvette. Ceci disait cela, mais pas question de le confirmer auprès d'un médecin. Il n'y en avait plus pour s'occuper ni de ceci ni de cela.

Je me demandais où, mon souffle, je l'avais mis.

Trop d'idées empêchent de respirer, d'où le lien entre la tête et le ventre.

Mes règles, je pensais.

Évidemment, mes règles, ça faisait longtemps. Mais comment s'y fier, quand on est femme affamée et que son sang, on s'est habituée à l'économiser, pas question de le gaspiller, quand c'est lui qui transporte le grand *oubliement*, dedans mes veines en pointillé.

Mon sang, j'y tenais, coûte que goutte.

Tout ça pour dire, qu'enceinte j'étais.

J'ai flashé là-dessus, un beau matin, en faisant le lien, eh oui, entre ma tête et mon ventre.

❏

Et Dieu que j'étais fière de n'avoir plus de seringue pour me shooter et fuck la blanche! Je n'étais plus junkie, j'étais mère, *cold turkey*. Pour notre enfant, Lomer, j'étais prête à me sevrer, à en souffrir l'enfer, si tu savais comme ç'a été dur, mais n'en parlons plus, je l'ai fait.

Je n'ai pensé, Lomer, qu'à notre Pierre.

Il serait resplendissant, l'enfant.

J'y verrais.

Je n'étais pas malade, mon Ange, j'étais juste sainte, enceinte de toi, peux-tu croire ça?

Et moi qui avais juré.

J'étais toute mêlée.

J'en ai vomi de plaisir.

Notre enfant, Lomer, dans notre ventre, allait nous protéger contre la Peste.

Et moi, je le protégerais contre tout le reste, tant que je vivrais.

Mais, quand même, je lui demandais pardon pour le grand dérangement, à notre petit, de ta part aussi, Amour à moi.

8

Mais la vie, c'est la vie, malgré la mort.
C'est un peu con, ça étonne.

La vie en moi m'a rendue fière de moi.

D'un peu mal famée, de famélique que j'étais, femme toute en courbes je deviendrais peut-être, même un tant soit peu, parce que la folle prestance, l'immense présence de deux fois rien en moi, qui remplissait tout l'univers autour et mon ventre, et qui ne voulait pas dire son nom. Encore exactement.

Mais comme il était snob dans ma tête, mon ventre, faisant son beau, tout plein de Pierre, si rempli de mon bébé et du tien, Lomer, et comme il bougeait parfois, notre petit, à coups de pied et de poing pour me rappeler qu'il était là, dans mon trop plat ventre à mon goût, et j'avais peur qu'il y soit mal à l'aise, entre mes côtes qui saillaient, toute moi maigre — comme dans les magazines — trop jeune, rien qu'en nerfs et en os, la lolita rasée et tatouée et osée que je me forçais de rester, parce que coquette, après tout.

La survivance de la plus jolie, je pensais.

Et puisqu'une photo valait mille maux, j'étais une photo, Pierre.

Peut-être inconfortable pour toi, mais jolie.

Ta maman serait belle, ou ne serait pas.

Cheeeeeeeeeeeese !
Flash et c'était moi !

❏

J'avais l'air d'une fillette malade, à force de vomir ce que je n'avais pas à manger.
Ç'a duré un temps.
Après, moi aussi, j'ai resplendi.
Je suis devenue *profonde*.
J'ai même presque eu l'air grosse.
Putain !

❏

Et j'ai été plus belle que je ne le serais jamais.

9

J'étais bien la seule encore bien portante, on aurait dit, ça se mourait à qui mieux mieux.

On avait bien essayé, au début, d'enrayer pourtant, de circonscrire au moins, avec leur latex de corbeaux moyenâgeux, toute leur science et leur quarantaine en plus, mais les médecins furent vite décimés aussi, malgré leurs précautions, et tout le reste des soignants avec eux. La peste avait un tel talent que, de plus en plus, on noircissait sur place en haletant, dans la rue, les bubons fleurissaient entre les membres, explosaient en pus, et l'on savait que c'était fini, et l'on remerciait Dieu ou le Diable que ce soit fini.

La collecte des ordures devint la *collecte*, tout court. Fallait bien débarrasser des morts les rues…

❏

— Peste, c'est beaucoup dire, mais aux grands mots, les grands moyens! que notre président a bluffé, le jour où il s'est enfui en catimini, avec toute sa cour et tout l'argent du pays, vers d'autres pays qui l'avaient invité — ils devraient avoir honte, ces pays. Mais ça leur apprendra, le président et ses vautours, dedans leurs corporels fluides, emportaient aussi peste et grandes fièvres…

Bien fait !

Et quand, le président, il a serré la main de ces autres assassins, sosies & autres rois, il leur a passé son MAL et, ce faisant, au monde entier.

Le Mal.

Le grand.

Partout.

C'est la rumeur qui l'a dit. Il n'y avait plus d'Infos depuis quelque temps.

Bien sûr.

❏

Moi, je suis restée juste prégnante.

10

Et puis, vous savez quoi?
J'ai hérité d'un chien. D'un chiot plutôt, beau comme un chiot. Quoi dire d'autre?

Théo qu'il s'appelait. Il me suivait partout. Théo est tout de suite devenu mon ombre.

Il était petit. Je commençais à être grosse.

Ti-Rat, lui, avait comme grandi d'un coup.

Jouant l'homme, il a voulu devenir mon *hombre*. Pauvre enfant, à peine était-il l'ombre de Théo. Partout, Ti-Rat nous suivait, faisant le beau, même que Théo n'aimait pas ça. Il lui montrait ses crocs quand l'enfant voulait lui faire ombrage.

Un jour, Ti-Rat s'est fâché en repoussant Théo:

— Ma Démone, marions-nous!

Théo, entre ses petits crocs, a grogné. Du museau, il a donné des coups au prétendant, pour le garder à distance de moi, sa prétendue. Hors de l'ombre. Je riais de voir leur innocent duel. J'étais touchée quand même, je les aimais tant, tous les deux.

— Marions-nous! qu'il a répété, plus insistant que jamais, et ses yeux brillaient, noirs, amoureusement.

Tout me semblait si bête, que je fus bête moi-même, en ordonnant à Théo, mais gentiment:

— Mange-le, Théo! Attaque!

Le chiot, comme un molosse, s'est jeté d'un coup sur mon *hombre*, qui s'est laissé tomber en riant pendant qu'il se faisait, par mon molosse, mordiller avec sa queue branlante malgré lui — Théo je veux dire —, car il se voulait méchant mais n'en avait pas les moyens, ni l'envie, et les deux enfants se chamaillaient à mes pieds et, pour un instant, j'en oubliais la triste réalité alentour, avec la puanteur du désespoir de tous ceux qui gisaient, morts ou à moitié, noirs ou à peu près, en attendant qu'on les ramasse et qu'on les remplace par d'autres gisants et mourants qu'on ramasserait, cercle vicieux d'une peste vicieuse…

Bref, leurs enfantillages changeaient mon mal de place. Mes deux ombres étaient belles, se chamaillant pour moi. J'ai même ri avec elles. On a tous ri ensemble. On se mordillait, on s'embrassait, se chatouillait — ma meute ou ce qu'il en restait, trop décimée pour jouir de nous voir faire.

Et quand nous avons été trop épuisés de, pour l'amour, nous batailler, nous avons fixé le ciel, en sueur, haletant comme des loups rassasiés, et nous avons hurlé à la lune…

11

Mais la lune ni son croissant ne se sont fait voir ce soir-là, malgré le drôle de vent.

Comme d'habitude, ces derniers temps, le ciel est resté noir comme peste. C'était le brouillard des fours crématoires, ou le nuage planétaire.

C'est alors que j'ai décidé de les marier, Ti-Rat et Théo, moi, je m'en allais mais je reviendrais, et en attendant, ils s'auraient, mes deux petits.

— Ti-Rat, je te donne Théo. Vous prendrez soin l'un de l'autre, OK, le temps que je serai partie.

— Partie, mais partie où ? qu'on s'est inquiété.

L'enfant inquiet me transperçait du regard, le chiot, lui, chiait.

Après, son regard inquiet, au chiot, a rejoint l'autre. J'étais doublement transpercée. Je sentais que j'allais bafouiller ma réponse, à défaut de réellement douter de ma décision.

— En banlieue… Je dois retrouver quelqu'un… Avant qu'il ne soit trop tard…

— Mais c'est loin, la banlieue !

Et Ti-Rat avait raison, la mégalopole, en se liquéfiant, avait comme coulé jusque dedans l'horizon, la banlieue à mille lieues du centre, il fallait aller en banlieue comme, jadis, on partait pour l'étranger.

La banlieue était tout ce qu'il nous restait d'aventure.

L'exotisme, quoi, existentiellement parlant.

— Je sais, c'est loin, mais j'ai pas le choix. Faut que j'aille chercher mon beau-frère. J'ai peur pour lui...

— ...

C'était là, le petit muet.

J'aimais bien Ti-Rat, quand il restait bouche bée.

Théo, lui, m'a jappé son incompréhension.

— Je vais revenir, c'est juré! que je leur ai juré. Et j'ai craché par terre, tenant toujours mes promesses.

Théo a léché mon crachat. Puis m'a léchée, moi. J'ai embrassé Ti-Rat sur la bouche aussi. Il a eu l'air content. Lui et Théo se sont embrassés, dans le sens de se faire la bise, ou l'accolade?

Mes deux donc m'ont aboyé je ne sais quoi, mais cela ressemblait à *ciao, ciao*...

J'étais contente, moi, ils m'attendrissaient et m'attendraient, mes petits.

Pourtant, je pleurais comme une Madeleine, devant toute cette vie qui continuerait ici sans moi, comme si de rien n'était.

Ou ferait semblant de ne rien être.

Envers et contre la mort ambiante...

12

Je suis donc partie.

Seule.

Mes deux petits n'auraient pas survécu au voyage.

Si je me suis arraché le cœur, en les laissant derrière, c'est pour ça.

Mais Dieu que j'haïs les adieux…

Bref.

Les quelques autos que j'ai essayé de voler, en route vers la banlieue, ne se sont jamais laissé faire. À cause du *E* de leur *Empty* — toute auto, semblait-il, était vide d'essence, maudite époque, et gisait là, sans but ni fuel.

En ce tiers-âge, quelle merde, le pétrole n'existait plus, ou à peu près. Sauf pour les bus, qui en avaient le monopole avec, au large, les navires. À part cela, rien. Les voleurs d'autos n'étaient plus que des poètes, risibles, qui nulle part n'allaient sauf dans leur tête.

Automobiles et autres camions, tristes dinosaures, sont devenus des squats que les artistes squattaient, en rêvant de Kerouac, immobiles.

J'ai donc pris le bus.

Contre ces masses d'autres qui voulaient aussi fuir la cité, la pestilence et le néant de leur pauvre vie.

Avec tout ce qu'il leur restait de vivant.

Leurs animaux.

Il m'a fallu donc négocier, frimer, menacer quiconque aurait eu le droit — dans une ère autre — de passer devant moi. J'ai dû vendre ce que j'avais, et ma bouche, et le reste, sortir les griffes et montrer les crocs.

J'ai fait ce qu'il a fallu faire pour partir.

La désespérance *contagie*, elle aussi.

❑

J'ai pensé à toi, Lomer, en m'assoyant sur le toit du car en partance pour la banlieue de ton frère, ta maison d'avant. Je savais que tu ne m'en voudrais pas d'avoir payé si *chair* mon billet.

La peau, après tout, a si peu à voir...

Et quand l'engin s'est mis à séparer en deux la mer Morte de ceux tout autour qui voulaient s'enfuir, je me suis prise à penser qu'on ne pouvait pas fuir sa destinée. On pouvait prier, c'est tout.

J'ai un peu prié, donc, sans savoir à qui m'adresser.

La morte mer des gens s'est enfin ouverte, en nous laissant passer.

Et bel et bien, nous étions Moïse, traversant les flots...

13

La traversée du désert a semblé une éternité, et le déluge rageait dans la tête et le ventre de tous les humains et de leurs bêtes, glapissant, bêlant, jacassant, caquetant, beuglant, couinant, miaulant ou jappant — je parle des humains ici, les animaux, eux, restaient muets, sentant l'abattoir tout près… — et nous n'étions plus Moïse mais Noé et toute son Arche fuyant la colère de Dieu, tout animal que nous étions…

Et quand, à destination, j'ai sauté par-dessus bord, le sol sous moi bougeait encore, j'avais le mal de mer ou de terre ou de banlieue, ou j'étais juste enceinte, alors j'ai vomi, et peu importe la raison…

J'ai regardé l'Arche et tous ses Animaux fuir Dieu.

J'étais seule, en pays étranger, et animal moi aussi.

J'ai flairé l'air en pissant par terre. Histoire de territoire, j'imagine, et puis j'allais exploser sinon, question d'*enceintement*…

Je n'ai d'ailleurs dérangé personne autour. Personne de vivant, s'entend.

C'était comme en ville. Pas tant le décor que les acteurs. Les gens, donc, mouraient autant ici ?

J'ai cru entendre tondre du gazon : j'hallucinais vraiment, il n'y avait plus de gazon à tondre depuis longtemps. Par contre, il subsistait des fantômes de bruits de banlieue,

et des odeurs d'auparavant, comme des visions conta-
gieuses qui auraient mérité une quelconque prophylaxie
pour l'urbaine que j'étais.

Si cela avait existé encore, avant de partir pour la banlieue, je me serais fait vacciner, tiens.

Je n'allais pas bien.

J'étais la *turista*.

J'ai malgré tout suivi la plage noire de sales, pas de
sable, noirs de peste attendant les vidanges, et jusqu'à
l'adresse sur la carte de Lomer, marin de 16 ans.

La maisonnette avait dû, jadis, être coquette. Plus maintenant. Elle était seulement comme toutes les autres autour,
en ruine et avachie, une épave, comme une vieille pute qui,
depuis longtemps, n'avait plus le loisir d'être coquette,
parce que l'âge et la fin du monde, à peine encore d'un seul
morceau, parce que bien bâtie alors, et que la peinture
depuis en avait masqué la déchéance, comme ces maquil-
lages s'étalant épais et ces parfums sentant bon marché,
mais puissants, qui tenaient encore debout le squelette,
sinon la chair, cette idée d'une femme ou d'une maison...

J'ai cru y voir, dans cette déchéance coquette, ta Gueuse,
mon Ange, pardonne-moi.

Maudite jalousie...

Mais, bref et soyons clairs, elles avaient assez vécu, tant
souffert, ces maisonnettes, elles en étaient mourantes, ces
maisons, remplies de peste comme nous tous, toutes sem-
blables à la vie, dans leur inexorable agonie.

Ainsi la tienne, Amour.

C'était donc ici que tu vivais, petit, Lomer ? Cela pouvait être beau, alors. Peut-être. C'était beau mais si laid à la
fois.

Heureusement, une musique s'insinuait, d'un autre
temps. Elle venait d'en dedans et avait le parfum lourd et
capiteux des fleurs pourrissantes.

Je me suis approchée.

En vain, j'ai sonné, cogné, tenté de percer des yeux le rideau de crasse de la vitre. Une *bay-window*, rien de moins, qui aurait cru que cela existait encore et en un seul morceau ? Cela aurait pu laisser libre cours à l'espoir, à l'imagination.

Mais même en cinémascope et plein d'espoir, il n'y avait rien à voir. Sinon cette musique pourrissante mais combien belle, et si capiteuse dans l'air qu'on en venait à la voir pour de vrai, comme une lumière qui aurait perdu la raison, une aura, et tout l'horizon avec, comme illuminé, je vous jure.

Alors, je suis entrée, ce n'était pas verrouillé.

Dans le salon, on dansait.

J'en pleurais tant c'était beau, avec la musique, et ces couples qui valsaient, plusieurs ils étaient et si bien collés, et tout rayonnant de bonheur on aurait dit, dans ce salon pas si grand d'un autre temps, bien collés et valsant bien, et le pétillement dans leurs vieux yeux aurait suffi à illuminer toute la pièce, toute la maison, toute la banlieue à vrai dire, et je regardais, comme hallucinée…

— Bienvenue, mademoiselle…

L'homme qui parlait a blêmi, en ajoutant *Maman* ?

Prise par surprise, j'ai sursauté devant cette voix profanée de fleurs qui s'adressait à moi sans voix. Je cherchais mes mots, en effet, comme avec Ti-Rat, la première fois ou avec Lomer, la dernière.

— Pardon ? que j'ai à peine trouvé à dire.

Je ne me souvenais plus de quand j'avais été aussi polie.

— Maman, dansons ensemble, voulez-vous ?

Et moi, qui jamais ne dansais — sauf en *rave* —, je n'ai pas pu dire non ! Je n'en avais surtout pas envie. J'avais envie de valser, maintenant, avec toutes ces belles gens qui virevoltaient amoureusement autour de moi. J'ai pris sa main, à celui qui pensait être mon fils, l'ai suivi, et ai virevolté à mon tour. Avec lui. Et notre enfant en moi, Lomer.

— C'est la première fois que je suis trois à danser…, que mon cavalier m'a murmuré à l'oreille.

J'ai continué de tourner, mais je me suis demandé : *comment, il sait ?*

Nous avons tourné comme ça, indéfiniment, jusqu'à ce que je m'évanouisse. Sans connaissance j'étais, et quand j'ai repris mes esprits, tous m'entouraient avec la bienveillance de leurs yeux d'un autre âge et leurs gestes gracieux. Lents et poétiques dans leur lenteur.

— Vous allez bien, mademoiselle ? Vous êtes belle, qu'on rimait tout autour.

On s'inquiétait pour moi, on voulait mon bien, je les voyais flous mais toujours beaux, surtout qu'ils valsaient dedans ma tête alors qu'ils avaient cessé de le faire. Je les aimais tant. J'ai voulu leur faire un compliment :

— Merci, je ne vous oublierai pas.

Leur réponse, en chœur, m'a étonnée :

— Nous, oui. C'est la vie…

Ils allaient m'oublier, eux. *Qu'ils m'oublient alors*, j'ai pensé, en les imaginant m'oublier. C'était quand même triste.

Et, moi, qui venais de leur faire mon plus beau compliment…

Bientôt, je me suis retrouvée seule avec mon cavalier, le maître des lieux, mon fils dans son esprit troublé.

14

Il pensait que j'étais sa mère. J'avais cent ans de moins que lui, même si j'avais l'air d'en avoir cent de plus, à vrai dire, amochée et livide sur le sofa, alors que lui s'affairait autour de moi, ridiculement léger sur ses pieds, intemporel comme une ballerine, quand il y en avait, des ballerines, j'en avais vu dans les livres car elles s'étaient toutes cassées avant que je ne sois même née, les ballerines, trop fragiles qu'elles étaient pour cette ère trop lourde à porter, comme les gazelles qui, paraît-il, avaient existé un jour, les livres aussi le disaient...

La maison vibrait d'un sourd vrombissement.

— C'est quoi, ce bruit ? j'ai demandé après avoir pensé à tout ça.

— C'est les autres, ils dorment.

C'étaient leurs ronflements, le vrombissement, et ça m'a apaisée.

— Et vous, vous êtes qui ?

Je savais pourtant.

— Voyons, Maman, tu ne reconnais pas ton fils ?

Je balbutiais, vu la ressemblance.

— Je cherche le frère de Lomer.

— Maman, souffrirais-tu du même mal que nous ?

— Quel mal ?

— Du grand oubliement.

Et puis, d'un coup, j'ai compris. Lui, et tous ces gens, souffraient du *MALzheimer*. Ici était leur refuge. Ils oubliaient ensemble.

Beau, non?

Et lui, c'était celui que j'étais venue chercher. Évidemment.

Lomer, ton frère…

— Je ne t'ai pas oublié, tu vois? j'ai enfin dit.

L'homme n'a plus *balleriné*. Il a juste pris mon visage dans ses mains comme une caresse, et ses yeux resplendissaient, tels ceux de son frère, quand il m'a souri de toutes ses dents manquantes. Chastement, il m'a baisé le front, comme un fils, sa maman. Ton nom gravé sur mon front s'est remis à saigner.

— Maman, t'as mal?

— Oublie ça, Petit, je l'ai rassuré en perdant conscience à nouveau…

15

L'Oubli leur sauvait la Vie. Aucun de mes amis de la maison n'était malade de la peste, parce tous avaient oublié de tomber malades. Tout simplement. Ils l'avaient oubliée, la peste, comme si elle n'avait jamais été là. Voilà pourquoi ils avaient l'air si bien, mes vieux, ils sentaient la lavande et la poudre de bébé, ils riaient tout le temps et s'embrassaient dans les coins, et leurs couples se faisaient et se défaisaient au gré de l'instant et des coups de foudre, ils avaient inventé l'Amour parfait, celui qui recommence sans cesse, avec l'amoureux qui passe, puisque l'autre est déjà passé et qu'on l'a oublié, comme lui nous a oublié d'ailleurs et est tombé amoureux ailleurs, juste à côté, et l'Amour était toujours neuf, comme dans les rêves de tous les romantiques de l'univers avant que l'ère ne tue le romantisme et l'univers…

La maison de Rosaire — car c'était son nom au frérot —, ce *bungalaid*, donc, hérité de ses parents, il en avait fait le refuge de ceux qui avaient décidé de désapprendre pour avoir le plaisir d'apprendre à chaque instant, et c'était la chose la plus fascinante que de les voir faire et refaire la connaissance de tout un chacun qui, depuis des mois, peuplait déjà leur univers. Le petit univers de Rosaire. Nous étions vingt, trente peut-être, et je dis *nous* car j'étais d'eux depuis peu, mais d'eux…

Et je n'avais pas reçu, depuis Lomer, d'aussi beaux compliments. J'ai réalisé alors qu'on ne pouvait se lasser des choses dites et redites, quand elles sont belles et qu'elles s'adressent à soi, surtout quand chaque fois, on nous les dit comme pour la première fois...

— Parle-moi, Rosaire. De Lomer, ton frère..., j'ai presque quêté, entre deux compliments et invitations à me marier ou à me faire embrasser dans un coin par ceux et celles qui passaient.

— J'ai oublié, Blanca — il se souvenait de mon nom, il avait dû oublier que je ne le lui avais même jamais mentionné —, je me souviens juste quand Lomer était petit, ici, à peine plus grand que moi ou le contraire, et qu'un jour il est parti en mer et que je l'ai cherché partout, après, il était si plus grand que moi, c'était mon héros, on partageait la même chambre, petits, mais tout lui appartenait, en fait, j'avais le lit du haut, c'est tout, mais je n'avais rien d'autre sinon la bouteille pour pisser dedans la nuit — c'était trop loin les toilettes —, et même elle, la bouteille, c'était à lui. Il faisait juste me la prêter...

« Mon satané héros, après l'avoir cherché dans son port, pour rien, je ne peux plus me souvenir de rien.

« Sauf que je l'aimais. »

Rosaire a eu la fulgurance, soudain, de celui qui venait de tout comprendre.

— Toi aussi, tu l'Aimes ! qu'il s'est réjoui tout haut. C'était ton amoureux, mon frère. Il s'appelait comment, déjà ? Ici, c'est ma maison maintenant, rien qu'à moi, pas à lui. On est bien ici, non ?

Et la façon dont il m'a posé la question, c'était si touchant que j'ai bien failli m'y installer, dans son *bungabeau* à lui tout seul, et tout oublier, moi aussi. On était si bien, ici.

— Tu veux voir notre chambre ?

— À qui ?

— Mais à lui, à moi, quand on était petit.

— Oui, et comme j'étais contente.

Malgré la banlieue…

16

Ce que quelques marches peuvent faire…
Rosaire et moi, en bas de l'escalier, comme à destination d'un impensable voyage dans le temps.

Et puis, le bout du monde, c'était rien d'autre qu'un sous-sol de bungalow.

Et par-delà le bar hawaïen, la boule disco au plafond trop bas de la salle de jeu disco, les portes en fer du garage et de la chambre à fournaise, dans un coin de tout cela, leur chambre, aux petits.

Une porte petite aussi, mais en bois.

Rosaire l'a ouverte.

Elle était petite comme la porte, leur chambre, quand ils étaient petits.

Rien ne semblait avoir changé, après toutes ces années.

— Tu peux dormir ici, si tu veux.

— Merci, que j'ai juste répondu.

Je n'étais pas seulement contente, j'étais en extase.

Rosaire est sorti en refermant la petite porte derrière lui.

❑

J'étais dedans ton toi, Amour à moi.
Et immense comme la mère.

Je me suis moi-même aperçue. Dans ton grand miroir, je veux dire. C'était tout ce qu'il y avait de grand, dans ta chambre petite, à part l'océan en moi.

Cela faisait bien une éternité que je ne m'étais aperçue toute moi-même, de pied en cap, entière, moi, réfléchie sans flou.

Je ne m'étais pas regardée depuis longtemps.

Quelle horreur, quand on y pense.

La vie avait tout cassé. Comment se réfléchir, alors, dans quoi que ce soit, sinon une flaque de pluie ?

Miroir cassé : sept ans de malheur, alors imaginez, toute l'éternité d'enfer devant nous. Tous les miroirs du monde cassés, sauf le tien.

Ton miroir, Lomer, même ébréché et *détain* de partout, le seul encore en un seul morceau, immense.

C'est qu'il t'avait vu petit, j'imagine.

Et tu sais quoi, Amour ?

Je me suis trouvée belle, dedans.

Entière.

Réfléchie parfaitement, pour une fois.

Le corps et l'esprit, ensemble.

Et j'avais tant chaud, et Pierre aussi en moi.

Tout mon corps, dans ton miroir, et Pierre dedans mon corps. Ton miroir était sans limites, on aurait dit. Ta chambre était petite, *Love*, mais ton miroir, grand. C'était un aimant pour mes yeux, la fontaine de Narcisse, je ne pouvais plus m'en détacher le regard.

Comme j'aimais m'y mirer !

Ce devait être mon aura qui me fascinait, l'aura d'être enceinte, ma resplendissance, par-delà tous les clichés cuculs.

Moi, si peu cucul d'habitude.

Sauf quand tu m'*encuculais*, mais bon…

J'étais une autre dans le reflet, et je l'avoue, j'étais comme un peu amoureuse d'elle, cette autre.

C'était une femme devant moi. La dernière fois que j'avais regardé, c'était encore une petite fille.

Mon nouveau corps m'excitait. Normal, donc, que je me sois mise à exciter mon nouveau corps.

J'ai cherché ma main droite. Elle était gauche, reflétée, mais adroite, dans mon jean.

J'étais manchote, et j'aimais le résultat.

Pierre aussi, visiblement.

Et j'étais encore tout habillée.

Figurez-vous…

Moi, je faisais juste sentir notre bombement, à moi et Pierre, et ma main droite disparue en moi. Mes jambes en jean avaient l'air de se recourber sur elles-mêmes, dans ton miroir, de se recroqueviller, de par le mal du plaisir qui s'immisçait. J'étais debout, à peine, mais de plus en plus belle, je trouvais, bien que floue vu les larmes, et comme un peu tordue, méconnaissable d'extase, comme un vieil arbre.

Le plaisir, quand on y regarde de près, a des airs de paralysie cérébrale. On perd le contrôle, c'est moteur, le corps spasme, prend d'étranges allures, se confond avec l'infirmité — on ne voit rien de tout ça, habituellement —, on ferme les yeux, en venant, et c'est tant mieux.

On peut s'imaginer beau, alors, quand on *orgasme*. C'est mieux de juste y penser. On pourrait être surpris de voir son propre corps jouir. Et des airs qu'il prend.

Mais, bref, et même si ma jouissance montante m'imposait quelques transes, j'étais resplendissante, ne fut-ce qu'à cause de mes seins qui explosaient à travers mon t-shirt, mes seins, moi, qui n'en avais jamais eu avant !

Putain, j'avais des volcans !

Il a bien fallu que j'aille voir.

Une fois nue, j'ai cessé de bouger. Comme transfigurée par moi-même. Mon auréole m'auréolait, au complet. J'étais belle en sainte.

J'éclairais, je pense, toute ta chambre, Lomer, avec ma lumière.

Et l'horizon en plus.

J'étais sans mot ni geste, mais amourachée de notre corps, Lomer, avec dedans Pierre.

Les courbes qu'on avait…

Et mes courbes se sont mises à bouger, à me donner des coups de pied, à s'exciter : je l'ai rejoint, dans son *excitement*, Pierre.

Facile, j'ai eu juste à suivre la flèche, ma *linea nigra*, entre mon nombril et la pointe de mon sexe. J'ai juste suivi la flèche vitale qui me visait dans le mille, qui pointait vers lui, mon centre du monde…

C'était quelque chose, l'archerie.

J'étais si mouillée que le miroir, en face, était tout embué. J'avais du mal à y suivre l'histoire de tous mes tatous, à l'heure qu'il est.

Tant mieux, je ne me verrais pas convulser de plaisir. Et pour m'en assurer, j'ai fermé les yeux, me suis laissée tomber à la renverse, atterrissant dans ton petit lit — j'avais prévu le coup ! —, toute nue et tordue, et c'était mon sexe, le volcan, tant il était en éruption, toute mouillée — mais vous l'ai-je dit ? — et j'étais transcendée tant c'était bon, avec ton petit oreiller entre mes jambes flageolantes qui l'écrasaient, avec mes doigts qui n'arrêtaient plus de s'*épivarder* et qui me rendaient folle, et tout mon moi s'arc-boutait et tout ton lit gémissait, ou c'était moi, on faisait un boucan d'enfer à être, pour un instant, heureux, et quand la fin du monde en moi a surgi, ou son origine, je me suis liquéfiée tant et si fort dans mon cri que le grand miroir, tout embué, a comme soudain explosé en mille petites miettes.

L'opéra fait cela.

Je n'ai pas été blessée. J'étais de l'eau. Le verre cassé ne peut pas blesser les eaux de la mère.

Et puis, j'étais bien trop bien.

Miroir cassé, sept ans de malheur : vous savez quoi ? J'osais à peine les espérer, ces sept années futures, de malheur ou autrement. J'étais si peu sûre d'en avoir autant devant moi, des ans.

Pierre, en moi, s'est endormi.

Moi, j'ai fait comme lui.

J'ai rêvé aux anges.

Comme on était bien, Lomer, dans ton petit lit…

17

Et quand je me suis réveillée, je me suis réveillée en banlieue.

Quoi d'autre ?

J'avais bien dormi, mais trop.

C'était ça, ici, le problème.

Tout son *rien*, à la banlieue, était de trop.

Deux fois rien, et ça te jette sur le cul.

Stupéfiant, non ?

La banlieue stupéfiait en effet, pire qu'une jungle amazonienne où l'on se perd, nos sens s'émoussant et tous nos repères, on ne s'oriente plus, trop tout est pareil, poubelles et garages et maisons, comment s'y retrouver, et ce même gazon, même inexistant, on ne sait plus où on est, si même on est, et puisque, perdu en forêt, j'ai lu qu'il fallait rester sur place et attendre les secours, plutôt que de tourner en rond stupidement, au coin d'une rue, on se prend à ne plus bouger, pour être secouru, et puis on se sent s'endormir, si encore on sent quelque chose, malgré soi — les griffes de Morphée, la banlieue c'est —, et si on en a la force, on se bat contre l'engourdissement qui vient du manque de stimulation des sens, un semblant d'hypothermie, comme quand on se meurt de froid, dans le bois, et que ça ne fait même pas mal, puisqu'on est gelé justement.

Et l'on est si engourdi qu'on en perd la vitale énergie, le goût de tout, et cela devient plus aisé, plutôt que de même baiser à droite et à gauche, de se faire l'amour juste à soi-même, puisqu'on a perdu l'habitude de la promiscuité des cités, c'est moins incommodant, plus simple de devenir assez souple pour s'occuper de son petit plaisir, assez mou je veux dire, et de pouvoir se lécher sans que quiconque n'entre en jeu — les louves le font bien, elles —, et on finit par se trouver confortable en banlieue, avec son propre sexe dans la bouche.

Bref, je te l'avoue, Amour, si ce n'avait été de notre enfant en moi, j'aurais tout oublié moi aussi, Lomer, y compris nous, tu m'entends ?

J'étais pute, hein ?

Et puis non, tu avais trop aimé une pute.

. J'étais *banlieumarde*, alors.

Mettons ça sur le compte de la confortable amnésie.

Mais au secours, mon Amour !

J'avais si peur, seule, de quitter notre banlieue et tout son anesthésiant confort.

Ç'a été si dur de retourner en ville, mais chut, n'en parlons plus, je t'aime…

Et puis, arrêtons de jouer sur les *morts* !

En bonne louve que j'étais encore, il a bien fallu que je fuie la fausse nature, les gazons synthétiques ou peinturés vert avec leurs *nains, de jardin* s'entend, les arbres nulle part ailleurs qu'en pauvres bûches, incandescentes et empoisonnées, dans les poêles à bois des voisins en combustion lente.

Leurs poumons cancéreux étaient spectaculaires, aux voisins et au bois.

À moi !

À toi en moi.

Ces pourritures ont voulu m'empoisonner.

Avoir eu le temps, j'aurais bien abrégé leurs jours de cancer.

Mais il a fallu que je retourne vite en ma tanière.

Pour mettre au monde chez moi, au sein de ma meute.

Avant que la banlieue m'ait...

❏

Un soir, donc, j'ai regardé Rosaire et j'ai cru t'y voir, Lomer. Je l'aimais assez, faut croire, ton frère.

— Je m'en vais, j'ai annoncé.

— Je viens avec toi, qu'il m'a rassurée.

— Je ne serais pas partie sans toi, j'ai avoué.

— J'ai une auto, et cela m'a jetée par terre.

Tous ronflaient quand nous sommes partis.

Tout, y compris le garage.

Nous l'avons réveillé.

C'est la lumière qui s'est mise à grésiller au ralenti, illuminant l'absurdité d'un garage de banlieue morte, et la Renault, l'étincelle dans toute cette désespérance, cette Renault 10, jaune, ancienne, en trop bonne condition pour ne pas, au moins, reprendre espérance le moindrement.

— Elle roule encore ? que j'ai demandé.

— Et pourquoi pas ?

— Elle est très vieille, non ?

— Elle n'a pas d'âge.

Dès lors, j'ai su qu'elle nous ramènerait à bon port, la Renault de Rosaire. Je ne me doutais juste pas comment...

❏

Assise contre Rosaire dans son auto qui sentait bon Renault, j'ai admiré le parrain de Pierre mettre le contact. En toussotant, le moteur s'est mis à ronronner, comme un neuf, comme avant quand les moteurs ronronnaient encore.

J'ai presque souri mais, malheur, j'ai fixé le *E* de son *Empty* en espérant voir *hautaine*, sa jauge, vers l'apaisant *F* de son *Full* je veux dire, mais rien n'avait bougé, tristement *empty* qu'on était, et si j'ai souri finalement, c'était devant l'absurdité d'être à sec en anglais dans une auto française.

Et quand les langues s'emmêlent, cela s'appelle un *french kiss*, mais bref.

— Y a pas d'essence, que j'ai conclu bêtement.

— T'en fais pas.

— C'est quoi, ces pitons ?

— Boutons-poussoirs, tu veux dire ?

On savait vachement parler, jadis, je me suis dit en acquiesçant.

— C'est la transmission automatique, qu'il a précisé.

— Et ça marche ? et j'ai craint un instant qu'il me reprenne sur le terme.

— Non seulement ça marche, c'était ce qu'il y avait de plus nouveau ! que Rosaire a juste dit, en poussant sur *R*, pour *Reverse*.

C'était touchant, toute cette modernité.

À reculons donc et tout doucement, la Renault a roulé hors du garage, et nous avec, puis a stoppé le long du trottoir.

L'aube avait l'air de vouloir poindre, à travers le smog des poêles à bois.

Ça sentait la dépouille calcinée.

L'Holocauste.

Je retournais à la maison.

— Allons-y, Rosaire !

— Oui, allons-y…

Et ses yeux se sont embrumés, dans le brouillard des cataractes, en jetant un dernier regard flou vers sa maison où dormaient encore tous les siens. Il fallait qu'il m'aime, Lomer, ton frère, pour ainsi les abandonner.

— Allons-y! que j'ai réitéré avec emphase, de peur qu'il change d'idée, mon cavalier, ou son moteur.

Rosaire a écrasé le champignon comme on dit et son moteur a vrombi et ses pneus ont crissé nus dans l'aube.

Nous sommes partis vers la ville, à reculons!

À reculons?

J'ai hurlé de surprise.

— Rosaire, on recule, pèse sur le *D*. Attention!

Rosaire a ralenti, mais a continué de conduire par rétroviseur interposé. Quel envers, sa vie…

— C'est que les autres boutons-poussoirs ne fonctionnent plus, et sa voix se voulait apaisante.

Évidemment, que je me suis apaisée avec, cela n'était rien de plus qu'une simple *affaire de pitons*.

— Arrête, bon Dieu de merde! que j'ai crié/prié tout haut, et Rosaire a stoppé la Renault.

Dans mon énervement et ces quelques kilomètres de banlieue dévorés à l'envers, je me suis aperçue que la jauge à essence avait repris, comme par miracle, un semblant de mouvement haussier, juste par-dessus le *E*, puis elle avait l'air d'avoir envie de comme monter encore…

Je n'avais jamais rien compris aux fluctuations du pétrole.

— Maman, faut arrêter de m'arrêter comme ça! On ne se rendra jamais sinon!

Et comme Rosaire avait raison! J'en avais perdu mon imagination. Voyez-vous ce que la banlieue fait?

J'ai eu honte.

— Pardon, Petit! Écrase-le, ton champignon!

J'avais confiance, de nouveau, en la magie, et j'ai surveillé nos arrières. Je suis devenue la pilote, dans ce rallye de fou à l'envers, question d'accoucher à l'endroit, voulu je veux dire.

Chez moi.

Et le retour, ma foi, s'est fait plus vite que l'aller. Mais c'est toujours comme ça, non ?

On part, c'est long, puis on revient.

C'est vite.

Arrivés à bon port, donc, notre réservoir débordait d'essence — le *E* avait fulguré en *F*, et bien au delà — et le compteur de *milleâge* était revenu à zéro.

Un vrai char neuf.

Home Sweet Home, nous étions.

Merci, Renault...

❏

Et ce soir-là qu'il pleuvait, de cet acide qu'on sait, nous avons stoppé aux grilles du port, du nôtre, Lomer, celui de ta Gueuse et toi, *putain*, notre port à nous trois, et je me suis sentie un peu seule et morte, malgré ton frère à mes côtés, et notre enfant entre mes côtes, qui bougeaient comme des enfants, l'un en moi, l'autre hors.

Rosaire était, à mesure qu'il oubliait, de plus en plus un enfant en effet. Il rajeunissait à vue d'œil, à vrai dire, c'était beau à voir, avoir l'air si jeune, à son âge.

— C'est ici, je crois, mais c'était différent.

Et Rosaire était fier de me dire cela, face aux grilles qu'on avait remises, et de se souvenir encore, surtout, que c'était là, outre, qu'il était venu te retrouver, toi, il y avait toute une civilisation de cela, et qu'il n'avait rien vu d'autre qu'un fou courir, dans le rétroviseur de sa Renault, qui allait encore de l'avant alors, et il avait eu un peu peur et écrasé le champignon, à tout jamais, fuyant l'ombre de son héros, derrière.

C'est là, ou juste après, que la Renault n'avait fait rien d'autre que de *reculer*...

— C'est ici..., qu'il a juste répété bêtement, compte tenu de l'histoire *rétrovisée* et du regret exprimé entre ses dents serrées.

— C'est là, que j'ai agréé, dans mon ventre serré, et tout était compris, entre nous trois, nous étions si épuisés d'être revenus.

Tous, autour, semblaient morts.

Ou cachés.

Comme en suspens.

— Allons dormir...

❏

Je l'ai conduit, Rosaire, dans ma tanière. Dedans notre squat. Au creux de ma bande. En son sein même...

On a tendance à dire, d'un endroit plein de gens, qu'il est *noir de monde*. J'ai pensé à cela, en voyant l'endroit plein de *monde noir*, parce que la peste noire, mes amis ou ce qu'il en restait, nègres de peste, avec l'épiderme suintant, glauque sang s'entend, et comme une maman je cherchais ceux qui n'étaient plus, pendant que Rosaire dormait, et je pestais de n'en pas trouver plusieurs, je n'avais plus une bande, ni une famille ni même rien en soi : il m'en manquait tant, parce que décimés, que je me suis sentie moins que vivante.

En soi.

C'était comme si toute la terre était morte.

Et, moi, je comptais et recomptais mes petits loups devenus moutons, mais pas comme on compte les moutons.

— Pas normal, hein, Rosaire ? que je murmurais en vomissant, parce que ma grossesse et mon *éberluement*...

Rosaire dormait, bien. N'a rien dit, rien, sauf son ronflement...

J'ai donc écouté un instant, regardé le ravage et dormi, moi aussi, triste.

Ici, je mens. Je ne dormais plus depuis longtemps, à part cette nuit-là, jouie, en banlieue.

Et puis Pierre n'arrêtait pas de cogner contre mon enceinte.

J'ai juste fermé les yeux, envers et contre tout, et écouté mon voisin en moi, qui rageait.

Les voisins ragent — c'est bien connu ! — et ils m'en-ragent.

Sauf Pierre.

18

— Démone, ma Démone ! qu'il criait.

C'était lui, Ti-Rat — comme j'étais contente ! —, et il me mordillait les lèvres et me léchait partout, et je n'avais même pas les yeux ouverts encore, mais c'était peut-être Théo, et quand j'ai ouvert les yeux, c'était eux deux qui me léchaient partout, trop fous de me retrouver saine et sauve, de retour parmi les morts, et eux qui m'avaient attendue, malgré la mort, pour que je ne sois pas toute seule quand je reviendrais, ignorant que je ramènerais Rosaire et Pierre, Lomer, je suis si seule sans toi, j'ai mon front en ton nom, souviens-toi, dans tout cet *oubliement*.

Ils avaient l'air bien, tous mes deux, tant mieux j'ai pensé pendant que,

Sous moi,

Mes eaux de mère crevaient.

Nous étions quelle date, déjà ?

J'étais la mer et j'éclaboussais tout le monde : notre enfant s'en venait.

J'étais prise par surprise, Lomer, fallait partir pour l'hôpital, mon homme, comme dans les films, *j'ai préparé ma petite valise, chéri, tu couperas le cordon, pas vrai ?*

Pas du tout vrai, en effet, *extrêmement faux*, à vrai dire, vu que désormais, personne ne naissait plus à l'hôpital, on ne faisait qu'y venir mourir, d'ailleurs ils étaient tous ou presque fermés, les hôpitaux, manque d'hospitalisés respirant encore, et d'*hospitalisants* surtout, de soignants s'entend, la plupart morts comme les soignés, facile à imaginer, et je regardais autour, Ti-Rat et Théo, et puis Rosaire que mes eaux avait réveillé, et tous les autres encore en vie, et j'ai eu peur pour Pierre, et je lui ai demandé pardon une nouvelle fois, face à l'effroi du monde, de le mettre au monde, justement.

Nous avions fauté, Lomer, pourtant jamais, de ma sainte vie, je ne m'étais sentie moins fautive.

On s'avait, tous les trois, comme c'était beau, le *s'avoir*…

❏

Mais ce qu'on ne sait pas, on n'en souffre pas !

Pas de petite valise, ni d'hôpital, pas non plus de gentil médecin ou de sage-femme.

Rien d'autre qu'une meute décimée, un père absent, puisque mort, et une sorcière pour m'accoucher, Candide.

Candide allait s'occuper de nous. Ti-Rat l'avait payée d'avance. Ma meute m'y mènerait.

Là !

Pour ce faire, elle a voulu prendre la Renault, ma meute, avec Rosaire — pas de chance, elle avait été volée pendant la nuit, la Renault, évidemment.

On aurait pu en suivre les traces dans la rue, vous dites, et la retrouver ? Au péril de nos vies, oui, et puis elles allaient à reculons, les marques de pneus, alors à quoi bon ?

On ne revient pas en arrière quand on enfante, c'est bien connu.

Faut pousser, pas tirer.

Faute d'auto, donc, mes petits éclaboussés m'ont plutôt installée sur un diable rouillé traînant contre un mur tout près, et m'ont roulée, emmitouflée dans des peaux d'ours, jusqu'à la rue des Sorcières.

Je me sentais comme toute petite, dans les montagnes russes du parc d'attractions. Ici, encore, je mentais, il n'y avait plus de montagnes russes depuis bien avant moi. Mais j'avais lu et j'avais peur quand même, rien qu'à l'avoir lu. Le pouvoir des mots.

Bien normal, donc, de craindre un peu — c'était grand l'accouchement, après tout —, mais j'étais bien.

Presque normale.

Et si avant les gens payaient pour avoir peur, ce n'était plus la peine de payer désormais.

J'allais comme en visite chez une furie qui m'attendait.

Et quand nous sommes entrés dans son échoppe, la porte a claqué et la sonnette a tinté sans fin, et tout nous semblait noir, mais Candide n'était pas là à m'attendre.

On avait pourtant payé d'avance, bordel de merde !

— Candide ! qu'on n'arrêtait pas de crier en fouillant l'ombre.

Pierre s'en venait.

— Vieille sorcière ! qu'on s'énervait de plus en plus, tout fort, en cherchant partout.

Rien d'autre que nous, mes loups, et comme une odeur de fumerie ou de vieux Malais tatoueur…

Et tout ce temps, je pensais en râlant : *Voilà bien ma chance, même aux sorcières je ne peux plus faire confiance, quelle sage femme, la Candide, yeah, very sage…*

J'ai cessé de penser, en quelque langue que l'on parle. Trop mal pour. Économiser tout, même les mots. Me suis juste mise bien. À l'aise. Écarté les jambes, par terre, tapis persan, juste respirer vite et lent, en poussant : on aurait dit que j'avais appris avant.

Mais, chut, économisons-nous…

Il y avait ma meute au-dessus de moi, quand j'ai fermé les yeux en grinçant des dents. Lorsque j'ai regardé de nouveau, il n'y avait plus personne, sauf Elle comme apparue, la Candide, et son regard fou comme l'océan en furie qui se déversait sur moi, immense et enveloppant, vu ses vagues.

J'ai su que j'avais bien fait d'y venir baigner.

J'ai su, surtout, que ç'allait bien aller, en entendant son rire tonitruant.

— Candide, j'ai crié, c'est toi !

— Mais, Petite, qui tu veux que ce soit ?

Et son rire a tonitrué entre ses quelques dents, sa barbichette et tout l'espace.

Chère Candide.

On a entendu, du chœur, le *Aaaaaaaaaaaaaah* qu'il fallait, préambule à Candide qui s'est mise à vociférer, en allumant de l'encens, en crachant le feu, en mordillant les pattes et la queue des lézards qui rampaient près et qu'elle attrapait comme si de rien n'était : leurs queues repoussaient, évidemment, au fur et à mesure, c'était normal, c'était magique, presque vaudou : cela faisait partie de sa vocifération, à la Candide, et de ses mordillements.

Elle ressemblait à ta Gueuse, Lomer, j'imagine.

Elle était belle, j'avoue.

Elle m'appelait *Petite*, vrillait en transe, virevoltait sur place, me *purjutait* des parfums, me berçait avec toute sa *sorcièreté*, ou sa divinité peut-être : elle était parfaite, bref, la Candide, dedans tout son *entièrement*.

Tellement parfaite, en fait, que Pierre s'est mis à gicler en vrillant, hors moi. Ses yeux, entre mes cuisses, se sont rivés aux miens.

C'était le même océan, nos yeux.

La pâleur pareille, le même tumulte.

La fixité du regard, la reconnaissance, l'espoir, des bouteilles à la mer qui seraient trouvées…

C'est qui, l'affreux fou, qui a dit qu'un nouveau-né n'y voyait rien ?

Non seulement Pierre y voyait tout, mais je voyais bien que Pierre allait me faire voir la vie entière, rien qu'à voir, on voyait bien vraiment.

J'allais enfin comprendre, grâce à lui.

Et je n'avais même pas eu mal assez pour.

Je devais être bénie des dieux.

Et quand il a atterri entre mes seins de lait pleins — encore Candide avec ses manigances ! — je n'ai pas pleuré, comme Pierre ne pleurait pas, là, et j'ai réalisé : mon fils et moi, on ne pleure pas, exactement pareil. Nous faisions — ou ne faisions pas, en fait — la même chose, ce devait être cela, la connivence, non, pas la connivence mais bien plus, l'héritage.

Comme il te ressemblait, mon Ange, un peu bouddha comme toi, et cela m'a réconfortée, les mêmes yeux, pâles et vieux, et qui ne pleuraient pas comme tout son petit être zen.

J'ai ouvert grand nos yeux.

Plus de Candide. Juste ma meute de nouveau.

Comme elle était venue, Candide était repartie, boire ailleurs, sa petite cloche tintant son départ, sans s'arrêter.

Ma meute, rien qu'à moi.

— Il ne pleure pas, comme toi, tu ne pleures jamais, qu'il a crié Ti-Rat, en coupant net le cordon d'un coup de dent.

Là, je pleurais, d'Amour pas de Mal, mais ça ne paraissait pas, j'imagine.

Rosaire était bouche bée — il nous fait cela comme effet, Ti-Rat —, et même Théo, mon chien, s'est fait respectueux devant tant de Naissance et si peu de pleurnichement.

L'Âge nous a paru, dès lors, moins Moyen.

Toute ma meute, ou ce qu'il en restait, nous a ceints afin que nous n'ayons plus froid, Pierre et moi, et que nous soyons bien.

C'était la meute qui pleurait pour nous, et cela est chaud, une larme.

Dans l'air, on a ensemble flairé l'odeur.

Comme une odeur de sainteté qui flottait…

19

Ou de la mort qui empestait?
Ça sent fort, la mort. C'est évident, l'odeur. Ça sent la sueur, la mort, mais d'une sueur qu'on ne se reconnaît pas soi-même, tant c'est fort.

Quand on se meurt, notre propre sueur nous sent mauvais comme si c'était la sueur d'un autre. C'est comme l'haleine.

Quand on meurt, on est quelqu'un d'autre.

On sent mauvais de partout.

Bref, le mal de la mort prenait toute la place en devenant planétaire, la peste je veux dire, le Malin. On s'est mis à parler d'Apocalypse, de Jugement dernier, on s'est mis à redevenir religieux, à être hantés, à défaut d'être en santé, et beaucoup qui ne croyaient plus se sont remis à croire, maintenant que le Diable régnait sur notre monde.

Dieu, comme peste, était contagieux.

Pierre, lui, grandissait, il tétait et semblait ne jamais vouloir s'arrêter, c'était mieux ainsi, la nourriture était si rare, j'étais ses vivres et pensais que tant que je le resterais, je vivrais moi aussi. Ni la peste, ni Dieu, ni Satan n'auraient d'emprise sur moi, aussi longtemps qu'il ne serait pas de moi sevré, Pierre c'était toi, Lomer, et je ne serais jamais sevrée de toi ni de Pierre, mais lui, si.

Et ce jour-là, Lomer, le Malin et Dieu allaient se jeter sur moi, je le sentais, et j'irais te rejoindre, ma seule consolation dans tout ce désespoir ambiant.

Mais comme il était beau, notre petit égaré, et comme il grandissait, malgré moi ou à cause, c'est pareil quand on s'aime.

Et puis Rosaire et Ti-Rat et Théo s'en occupaient si bien, de Pierre, que je remerciais Dieu qu'il les ait, Pierre, ces trois-là, pour quand je n'y serais plus. Tu vois, Lomer, Dieu est là, tout près, je commence à le remercier. Mes jours sont comptés.

Il y a une place pour ta Démone, j'espère, entre ta Gueuse et toi, où que vous soyez ?

Le vent qui s'est levé soudain, drôle et chaud, m'a murmuré *oui* pour toi, et je l'ai remercié, c'était mieux que de remercier le bon Dieu, non ?

Et ton vent nous a bercés, Pierre et moi, pendant qu'il tétait.

Merci, mon homme.

20

Et puis, dans le quartier des sorciers, à deux pas du marché de tous les trocs, vers chez Candide, dans les rues des devins et cartomanciens et autres liseurs de mains, la rumeur comme peste s'est mise à courir et à se faire maligne : ce n'était pas la faute des rats, finalement, mais des petites, humaines s'entend, dont on avait, malgré le bon sens et la tradition, cessé de coudre les lèvres et de trancher la jouissance, Il pénétrait par là puis s'*épivardait*, l'affreux Mal, les sorciers l'avaient décidé dans leur délire, et c'était bien fait pour nous, cette Peste, c'était de notre faute, c'était ces petites, le commencement de tout, et il fallait y mettre fin au plus vite, à tout ce commencement de la fin.

Les sorciers avaient viré fous.

Les sorcières, elles, se sont élevées contre les sorciers, leur inutile barbarie, leur mâle mal, et cette écœurante *humeur* qu'ils s'étaient mis à faire courir, dans leur quartier d'abord, puis la cité en entier, dans tout l'univers peut-être, je n'ai plus la force d'y penser tant c'était l'horreur, mes sorcières iraient au bûcher s'il le fallait mais nos enfantes étaient nos enfantes et jamais nous ne les coudrions, nos petites, dussions-nous en mourir pour elles, ce serait nous, leur peste aux fous, pas elles, on a la peste qu'on a, celle qu'on mérite, tant qu'à mourir, mourons, maudit : les sorcières ont dit !

C'est donc la nuit de notre déménagement qu'il a failli commencer, le Massacre des Innocentes.

Grâce aux femmes, il a juste failli commencer, le Massacre des Innocentes. À quelques instants près. Les sorciers ont bien dû reculer devant la furie des sorcières.

Cela venait de leur sauver la vie, aux sorciers de tout acabit, et mes sorcières, dedans leur barbichette, ont ri.

S'il fallait qu'elles meurent de peste, nos petites, elles allaient au moins mourir décousues et tout entières.

❏

Mais le jeu de massacre venait d'être remis à la mode malgré tout, je veux dire la peur de l'autre, la haine du voisin, l'urgence.

Déjà-vu à outrance.

En bons voisins, ça s'est donc vite mis à s'entretuer.

Et vive le voisin !

Apocalypse au singulier.

La fin du monde commence par soi, petit à petit, mais d'abord par soi, ou son voisin, c'est pareil puisqu'on va lui remettre la monnaie de sa pièce, le faire souffrir pour ce qu'il nous a fait *souffert* — *souffert*, c'est encore pire ! —, et c'est parti pour la gloire, cela ne peut plus s'arrêter, faut s'entretuer pour survivre, la raison du monde dérape, question d'être encore et malgré tout, alors on se met à envier, voler, haïr, assassiner. Sauver la face et la race.

Quoi d'autre, entre nous, puisque mourir maintenant n'était qu'un passe-temps tant on se mourait, alors d'assassiner n'était à peine qu'un hobby, une petite poussée vers l'au-delà, deux fois rien sinon la survie de l'espèce de merde que notre espèce était devenue, parce que le Mal…

On s'est mis à tuer donc. Les déjà mourants d'abord, histoire de hâter la vie, et puis pour prendre leurs choses dont ils n'avaient plus besoin de toute façon, mieux valait en profiter le temps qu'on pouvait, quitte à hâter l'*aban-donnement*. J'ai été vraiment triste devant tout ce destin de tout un chacun qu'on s'était mis à accélérer, et j'ai craint pour Pierre et Rosaire et Ti-Rat et Théo et pour moi, quand les voisins, les amis, les connaissances et autres méconnais-sances ont commencé à tuer quiconque, sain ou non, pour le peu qu'il avait, pour le sport aussi, quelle horreur quand on y pense, le sport, de couper, de chasser l'autre, disaient les voisins, leur faisait du bien, les gardait en forme, en santé.

Les réconfortait.

La bière était meilleure, après.

C'était déjà tant arrivé avant qu'on en parle ici. Si vous voyez ce que je veux dire...

21

Et si l'Enfer, c'était l'Envers de soi-même, c'était soi détricoté — une maille à l'envers, une maille à l'endroit… — comme un gant trop petit, qu'on a retourné en l'enlevant et qu'on ne pourra plus jamais remettre. Inutile. Indifférent. Inversé : une maille à l'envers, une maille à l'envers, et tout le tralala.

L'envers est pire que l'enfer.

Anyway.

La Troisième Guerre mondiale serait civile, ou ne serait pas.

La fin du monde, vous dis-je, le beau bordel.

Mais c'était le nôtre, quoi dire d'autre ?

La chasse était ouverte, on en était presque à oublier la peste. Même qu'on en est venu à l'espérer, la maladie, plutôt que la machette du voisin, au moins, contre la peste, on avait un semblant de chance.

Plus personne ne voulait plus posséder quoi que ce soit. C'était moins risqué, c'était mieux comme ça. Puisque tout pouvait être volé, valait mieux ne rien avoir à voler. Rien, c'est tout !

Dans les rues, les gens se sont mis à vivre presque nus. Sans le moins possible. Le Moyen Âge a pris des airs d'Âge de pierre, les nus sans rien se faisaient tuer — de temps en temps, d'accord, le sport restant le sport —, mais de moins en moins, et puis c'était devenu fatigant de tuer, comme ce l'était de se faire tuer avouons-le, il fallait courir, zigzaguer, sprinter, feinter tout en priant, ça demandait de l'effort, pour le coureur et le couru, et les forces manquaient, à l'un et à l'autre.

Ça courait mieux, bref, sans vêtements pour entraver la vie.

Ça coupait moins, pour ceux qui coupaient.

Les bubons, eux, continuaient d'exploser.

Quelle drôle d'époque, vraiment, et de ma bande il ne me restait plus qu'une douzaine de disciples, incluant mon quatuor adoré : Pierre, Rosaire, Ti-Rat et Théo.

Et Pierre commençait à téter moins fort, Rosaire avait de plus en plus l'air d'un enfant, Ti-Rat voulait toujours m'épouser et Théo jouait au gardien du squat où l'on s'était barricadés.

Voisins maudits, ils voulaient notre peau…

❏

Et puis, Pierre a cessé de téter.

J'ai su, à cet instant-là, que j'allais mourir, machette ou peste, qu'importe.

Lomer m'appelait à lui, avec sa Gueuse.

J'avais envie de toi, Lomer, mais je n'étais plus sûre du tout d'avoir envie de te partager.

Alors j'ai décidé de me battre.

Pour notre Pierre. Pour la vie, même dérisoire.

Tu m'aurais bien assez tôt, mon beau.

❏

Tous ensemble, à bout de souffle et de vivres, nous avons cherché une solution, quelque chose, n'importe quoi, un miracle, histoire d'avoir eu une histoire avant de n'en plus jamais avoir. C'est ça l'horreur, la vraie : quand on cesse de vivre à la douzaine, par centaines et milliers, par la folie du Mal, on n'est rien sinon un chiffre — c'est si abstrait, les mathématiques ! — rien que des os dans un charnier, un nom sur une liste contre un chiffre, une photo sur un mur dans la mosaïque d'autres assassinés.

Pas grand-chose, quoi.

Une histoire sans histoire.

Moins que rien.

Nous sommes ça.

Chaque vivant pourtant a pleuré, a ri, a souffert, a tenu un enfant dans ses bras, l'a conçu peut-être, a voulu vivre pour lui, dérisoirement, et son sang dans ses veines a coulé, avec chaque battement de son cœur qui restait, chacun a une histoire rien qu'à lui, et ces douzaines de centaines de milliers d'histoires particulières mériteraient toutes d'être racontées, auraient mérité surtout de n'être pas coupées court, parce qu'une machette ou un virus, parce que l'homme ou Satan, parce que Dieu dans tout son *oubliement*…

Nous cherchions, donc, à préserver notre humanité, quand nous n'avons plus eu d'autre choix que de sortir dans la rue.

Le voisinage, sinon, allait l'avoir, notre peau.

Fallait déménager !

❏

J'avais décidé qu'au port on aurait encore une chance ou son semblant. Alors j'y ai guidé ma meute — si vous saviez ce qu'on a vu, d'ici à là… — et la nuit venue, nous étions outre les grilles, contre les quais, au bord de l'eau, tout juste à côté de Lomer et moi, la première fois, quand j'étais jeune.

Une éternité, si peu de temps pourtant.
Ce que quelques ans peuvent faire...

22

J'étais à quai, oui, mais si vieille. Mère en plus. Un an ou deux, un océan quand le monde entier en est à sa fin. En colère, bref. J'en voulais une d'histoire, avant d'aller rejoindre Lomer, il l'avait bien eue, lui, la sienne. Et sa Gueuse aussi. Il me fallait la mienne, d'histoire et de sang, avant de mourir. Je la voulais, ma vie, avant de la perdre, et j'en voulais des ans en plus, au moins cent pour notre enfant, et des ans vrais, s'entend.

Foutu instinct de mère et de survie…

Je n'ai pas prié Dieu, mais j'ai été exaucée malgré tout, d'une bien absurde façon, j'en conviens.

J'allais les avoir, mes cent ans, bel et bien, n'importe comment…

J'ai alors commencé à vieillir désormais à une vitesse telle que tous autour en ont été ébahis. Même Rosaire qui, lui, s'était mis à plutôt rajeunir, comme de façon inversement proportionnelle, un jeu tordu d'*âgement* à l'envers.

Ce devait être mes cellules qui, lasses de se reproduire, s'étaient mises à se suicider.

L'apoptose, ça s'appelait.

❏

L'air, ici au moins, était puissant à renifler.

Et la marie-salope, amarrée là et sentant fort, était le seul bateau encore accosté, humblement, toute rouillée, à peine flottante, pour ainsi dire morte.

Une innocente, elle-même.

Elle avait tant dragué.

Une modeste épave, si vieille et usée que les pires pirates et leurs autres associés n'avaient pas même imaginé se la voler pour fuir au large.

Et pirater.

L'imagination était naufragée, en ces temps-là des martyrs.

Marie-salope, toute sa vie passée à aller jeter au loin la merde et la boue puisées dans les eaux du port, par d'autres bateaux, mâles eux, qui creusaient et qui se vidaient en elle, ma salope adorée, pour qu'elle aille elle-même se vider et revenir pour s'engrosser, sans le moindre arrêt, contre les flancs des mâles qui draguaient, et puis retourner à l'océan pour s'y vider encore, toute sa vie durant.

Notre marie-salope semblait bel et bien épuisée, en plein syndrome métabolique, à l'article de la mort, aux soins palliatifs depuis si longtemps, si touchante dans son agonie qui ne voulait pas couler.

Elle penchait d'un côté, le gauche, celui vers la mer, communiste qu'elle devait être, la marie, son nom rouillé sur son flanc était écrit en russe tsar.

Imaginez alors combien elle pouvait être vieille et bouleversante, cette star encore flottante à gauche, cette belle pute ayant vidé toute sa vie la merde des hommes.

Tellement belle, finalement, qu'il a bien fallu se la voler, la marie, et s'enfuir au large avec. Rosaire a su comment, il avait oublié, heureusement, qu'il ne savait pas comment. Alors il savait.

Et puis, rappelons-le, c'était la seule encore à quai.

Alors, nous, on est partis.

Dessus Marie.

Ma meute encore en vie allait faire les mousses. Et Pierre, qui serait capitaine, et moi, pilote, qui l'épaulerais, normal, il était de ma côte né, et donc côte nous avons larguée pour au large voguer.

Au large, désormais, marie-salope bercerait, et sans merde à transporter.

Sauf nous.

On ne s'enfuit pas du destin qu'on a.

Pierre avait deux ans. Rosaire en avait l'air de quinze. Moi…

— T'as quel âge, Démone ? qu'il m'a demandé, Ti-Rat, pendant que la marie ne coulait pas.

— J'ai pas d'âge, que j'ai répondu, les larmes aux yeux.

On a l'âge qu'on peut.

— Moi non plus — Ti-Rat semblait à l'aise en mer, les rats le sont d'habitude —, alors, on pourrait ? qu'il a continué en me regardant malicieusement.

— On pourrait quoi ?

J'avais vieilli déjà entre ses deux questions, foutu Mal.

— Coucher ensemble, qu'il a ajouté.

J'ai failli m'évanouir. La meute m'a tenue debout, avec son rire. La meute pouvait bien rire, ou ce qu'il en restait, mais Ti-Rat n'avait tellement plus peur d'elle, ma meute à moi, louve, c'était un grand maintenant, c'était lui le moins malade d'entre nous tous, il pouvait tuer quand il aimait…

Bref, je me suis retenue. J'ai ri. Théo jappait. Vu les vagues, j'imagine, et les mouettes qui piquaient du nez. Ça l'excitait. J'étais inquiète, pas pour lui, mais pour ma meute. Elle avait trop faibli, elle si fringante avant, la mer était en train d'y noyer tout l'élan vital, son âme, le feu dans l'eau — quand il n'est plus étincelle dans les yeux — ne fait rien d'autre que *pschittttttt*, stupidement, comme une allumette qui s'éteint avant d'avoir illuminé le monde entier, et l'horizon de deux amoureux.

— Coucher ensemble ? j'ai souri tout haut.

— Je t'aime, Blanca, c'est normal.

Il prenait les grands moyens, le Petit, m'appelait par mon nom même s'il n'en avait pas le droit, Ti-Rat.

— Mais je me meurs, Petit.

— Justement, faut qu'on se dépêche.

— Ah bon, j'ai dit, avec cinq ans, d'un coup, pris.

C'était touchant pour une vieillissante comme moi. Rosaire, tout près, rajeunissait. Théo n'aimait pas la mouette. Ti-Rat, lui, continuait de faire l'homme et de réussir.

— Arrête, Démone ! qu'il s'est mis à me brailler, avec tant d'insistance et d'*hommerie* que j'ai failli me taire, mais ma voix a tremblé malgré moi.

— Arrêter quoi ? j'ai bredouillé.

— Tu le fais exprès !

Je ne comprenais plus rien, mais dans ses yeux noirs comme un miroir je me suis mise à refléter et à m'entrevoir et à déjà ne plus me reconnaître moi-même, tant vieillie j'étais en train d'être, et c'est dans les yeux du Petit que j'ai vu que j'allais être morte bientôt, que j'aurais eu une histoire si tout cela n'était pas allé si vite, vite comme quand on voit sa vie au moment de sa mort, et qu'elle défile, si vitement, son existence…

Le Grand Mal m'avait prise, finalement, maintenant que Pierre pouvait se nourrir ailleurs qu'en moi.

Et comme je prenais un coup de vieux, d'heure en heure, de respiration en respiration.

Dedans ma vieille sagesse, j'ai compris Ti-Rat, qui voulait me faire l'amour avant qu'il ne soit trop tard.

Ç'allait vite, le temps.

Théo dormait, et les huit autres. Mes mousses. Ceux qui étaient des durs avant, mais qui n'étaient que mousses désormais, mous mousses, il n'y avait plus que Ti-Rat, Rosaire, Théo et Pierre encore forts à bord, le reste, y compris moi, on dépérissait.

Après tout ce temps, il a redit :

— Tu le fais exprès !

— Je fais exprès quoi ? qu'en femme mature j'ai répondu au jeunot.

Et moi qui pensais que c'étaient les enfants qui n'arrêtaient pas de poser des questions. Je devais retomber en enfance…

— Tu fais exprès d'être trop vieille pour moi.

Il y avait dans ses yeux noirs toute notre histoire dérisoire. Et sa peur de vivre qui virait folle, et moi avec. Ses mots ont continué d'exploser sur moi :

— Je me tue, Blanca, si on ne couche pas ensemble.

Devant tant de sérieux, je me suis forcée à moins pourrir / mourir debout.

Cela devait être ça, mon second souffle.

J'ai même tenté l'humour :

— Mais on dort tous les soirs ensemble, avec Pierre et Théo.

Mal m'en prit.

— Arrête de jouer avec les mots ! J'en peux plus de tes maudits mots, qu'il m'a asséné, Ti-Rat.

J'ai arrêté de faire semblant. Bouche bée, j'ai juste laissé le fil des lumières du port coudre mes lèvres.

C'était plus beau, comme silence.

Au loin, on pouvait encore apercevoir la ville. Elle rougeoyait, la cité, comme un soleil dans la mer, autrefois, et à travers les longues-vues, du bateau, on pouvait même imaginer ce qui se passait dans le port devant, avec toutes ces ombres mouvantes sur les quais, à la lueur de tous ces feux improvisés, et ces ombres émouvantes implorant celles qui, comme des diables, semblaient en train de les achever à coup de machettes, une infâmante pantomime de jugement dernier, *live* de l'Apocalypse, un épouvantable théâtre de marionnettes...

Histoire d'amadouer mon trop triste Ti-Rat qui aurait tant voulu coucher avec moi, j'essayais de lui changer l'idée fixe en lui narrant ce que je voyais, à l'autre bout de mes longues-vues.

Peine perdue.

Ti-Rat semblait s'en foutre de ces marionnettes mourantes et de leur théâtre des docks. Il était dur, mon Ange. À sa petite façon.

Il fallait qu'il se dépêche, on aurait dit. Même à son âge, il savait qu'il fallait se concentrer sur l'essentiel.

Moi.

Mon sexe.

L'Amour avant l'*Amòrte*.

Il s'en foutait, du reste.

Pourtant, tout le reste se mourait, Ti-Rat, fuck l'Amour, je pensais dans mes longues-vues, *faudrait peut-être cesser de faire l'enfant. Toi, t'es en vie, Ti-Rat, même plus, tu grandis, tu es fort, tu es tout.*

Tu vivras, alors fais pas chier !

Je me suis mise à pleurer. Je ne savais plus quoi faire d'autre. Je ne voyais plus personne à travers ce rideau de mes larmes.

Ni Ti-Rat, qui ne méritait même pas que je le voie, ni mes émouvantes marionnettes sur terre, qui bien assez tôt viendraient cogner contre notre coque de toute leur lourde nudité flottante, et frappant comme on cogne à une porte, sans fin, et qu'il n'y a personne pour répondre...

Ce serait la marée qui nous les amènerait bien assez tôt, les ombres, les immolés des quais, puis qui les retournerait au rivage après, ces natures mortes, comme des coquillages, et si, comme les coquillages d'avant le Déluge, on avait pu y mettre l'oreille, entre leurs lèvres nacrées, c'est bien leur mère qu'on aurait entendue chanter, ou hurler, c'est pareil quand on se fait tuer et qu'on est né d'elle.

La Mer.

Bref, mon second souffle frappait un écueil, Ti-Rat, qui ne semblait plus m'écouter du tout, et je m'essoufflais pour rien, malgré mes beaux mots et les longues-vues que j'essayais de lui passer, pour l'amuser, pour qu'il voie, de loin, c'était quoi, la triste vie, et j'essayais de l'intéresser à autre chose, de changer de sujet — j'avais tant peu envie de faire l'Amour, point, mais il ne fallait pas qu'il meure lui aussi, malgré la vie triste —, les coquillages pourtant, je pensais que ça marcherait, il était poète, le Petit.

Aucune réaction chez lui. Ses yeux, comme vidés. Dans ses bras, Théo. Les deux bien trop silencieux à mon goût. M'ont donné un coup de vieux, de vide, comme si j'avais eu besoin de cela…

Il a murmuré quelque chose. Je l'ai fait répéter. Il m'a jetée par terre avec ses mots d'homme.

— Tu dévies la conversation, Démone.

Dévier la conversation ?

J'ai attrapé Pierre au vol qui passait. L'ai assis sur moi malgré lui. Je n'étais pas toute seule, moi non plus.

— Tu l'aimes trop, ton foutu Lomer, qu'il a continué gravement. Faut que tu l'oublies !

Je ne savais plus où j'en étais dans l'Oubli, mais mon tréfonds résonna :

— Jamais !

Pierre semblait fier de sa mère. Il ronronnait en me mordant le nez. Théo, dans les bras de Ti-Rat, s'est mis à japper et s'est enfui. Ti-Rat s'est retrouvé seul, si profondément seul que j'ai presque voulu coucher avec.

Mais je n'en avais tant plus la force.

J'ai dormi, cela faisait une éternité.

À peine ai-je eu le temps d'espérer que Ti-Rat vienne dormir contre moi, contre nous.

On est si bien, quand on dort...

23

Et le lendemain matin, Ti-Rat, comme une grand-voile, flottait au bout du mât. C'était le vent ou le tangage, la triste danse de la marie-salope, comme un grand balancement, la respiration des dieux, pour lui qui ne respirait plus, Ti-Rat, pendu qu'il était au grand foc.

Sous lui, sa semence perlait sur le pont.

Une mandragore allait pousser là, à n'en point douter.

Le sperme du petit, sous lui, pour rien.

À cause de moi.

Coït interrompu, indéfiniment.

Si j'avais oublié Lomer le moindrement, que je me disais dans mon énervement, j'aurais pu éviter ce pire, le Petit, j'aurais pu lui faire une place dedans moi, et l'amour comme il l'aurait tant voulu, c'était mieux l'oubli, cela faisait de la place en soi, mieux valait être vidée que trop pleine, et je me disais tout ça alors que je m'évertuais à décrocher mon petit pendu, avec les autres qui s'évertuaient aussi, et quand son petit corps décroché s'est affalé comme une poupée sur le pont, j'ai pris sa bouche à pleine bouche et, de toutes mes forces retrouvées, j'ai soufflé à grand souffle et frappé à grands coups de poing dedans là où devait se trouver son cœur brisé...

Le chaos, sur la marie-salope, était total.

Tout le monde criait, gesticulait, jappait, soufflait, sauf Ti-Rat. Lui, si vital d'habitude. La pendaison fait ce genre de choses.

Même à l'Enfant Roi.

Puis, brusquement, un RÂLE nous a tous enterrés, et notre chaos a semblé petit face à lui. Ce râle de vie m'a explosé dans la face, alors que je soufflais dans sa face, à lui, le petit mort. Et avec son râle, il a soudé ses lèvres aux miennes, le petit maudit, et m'a embrassée jusque dans mes tripes, c'était moi qui étouffais, c'était moi qui, d'un coup, pendais, mais aux lèvres de quelqu'un de supposément mort, malgré sa jeunesse et sa vitalité, et sa beauté je dois l'avouer : il m'a râlé dans la face, mon petit mâle, et n'a plus voulu me lâcher, sa langue ayant fait des nœuds avec la mienne, c'était un miracle, je crois, je l'avais ressuscité d'entre les morts, avec toutes mes manigances, et ça me rendait heureuse et comme un peu moins vieillissante, de le sentir revivre au bout de ma bouche, se mettre à frétiller comme un poisson, et les *oooh* et *aaah* de tout un chacun alentour qui rythmaient ma pêche miraculeuse, comme c'était beau tant d'enfantillages, et soudée comme je l'étais à son souffle, mes yeux louchaient et le voyaient en double, les doux visages du petit mort qui ne l'était plus, bien au contraire, je le sentais revivre aussi entre mes cuisses, mon petit grand mal…

Il était là qui s'excitait maintenant, contre moi, le renaissant, il profitait de la situation, je le sentais rire dans sa barbe qu'il aurait peut-être un jour, désormais, grâce à moi qui l'avais ressuscité, et qui commençais un peu à le regretter, mais à vrai dire non, mon corps malgré moi s'abandonnait à l'étrange comédie, et je commençais à m'exciter moi aussi devant mes apôtres qui de *ooooh* et de *aaaah* allaient, moins par étonnement qu'émerveillement devant l'*Ensemble Couchement* qu'on s'avait fini par faire, moi et le Petit, à bout de souffle et tout habillés.

Et quand nos deux langues se sont dénouées et qu'il a ouvert, enfin, des yeux pleins de noires étoiles, Ti-Rat, j'ai défait mon corsage et lui ai donné le sein. Comme à quelqu'un qui naît. Et puis Pierre n'en a pas semblé offusqué. Théo et ses cabrioles pour lui l'intéressaient tellement plus, mon fils.

Ti-Rat, donc, téta, la tête tranquille et le sourire béat.

J'avais terriblement envie que tout ça aille loin, de plus en plus loin.

Il allait m'avoir finalement, et de l'allaiter ainsi m'excitait profondément, rien à voir avec *La Pietà*, même si tout à bord sentait l'extase mystique, mes apôtres s'extasiaient, d'accord, mais charnellement parlant, ils se touchaient eux-mêmes, comme en transe, avec des forces décuplées soudain, s'imaginant ce qui devait suivre, et je me sentais prête à tout devant mes voyeurs, Pierre et Théo étant ailleurs, eux, à se courir après, dans la cale quelque part, loin.

La décence serait sauve…

J'étais en feu.

Pas Ti-Rat.

Il s'est juste endormi contre moi.

Comme contre *La Pietà*, à vrai dire.

Il m'avait bien eue, finalement.

❑

J'avais l'air d'une folle. Cela devait être un spasme d'avant mort, Lomer, te souviens-tu de tous nos spasmes ?

Mes seins à l'air, pas mon sexe, qui explosaient malgré moi, mon sexe aussi, ratpetit, malgré la vie qui n'était plus la vie. D'ailleurs rien n'était plus rien, tout était *anticlimax*, c'était cela, l'Apocalypse maudite. J'ai refermé mon corsage, serré les cuisses. J'avais pris quelques tristes années encore.

Style, dix.

Au contraire de mon petit sauvé qui, lui, s'était mis à en perdre autant, des ans, dedans sa tête chavirée.

❏

Sa pendaison l'avait changé, Ti-Rat, au fil des jours, il a bien fallu se l'avouer, il était au ralenti dans ses gestes et ses pensées, l'air au cerveau avait dû trop longtemps lui manquer; et, en le ranimant, j'avais peut-être fait tout mal après tout, il n'était plus comme avant, mon Petit, et c'était ma faute, d'une façon ou d'une autre.

Je l'avais sauvé, d'accord, mais juste à moitié.

Avec ma meute, et tirat et pierre et théo, on a mangé le peu qu'il restait à manger à bord, c'était là, notre *Dernier Scénage*.

C'était aussi quand les bateaux se sont mis à se pirater. Entre eux…

24

Quelle histoire, quand on y pense, ce piratage de bas étage, entre esquifs à vue des quais, donc jamais très loin au large, tous divaguant, comme soûls, par manque de fuel, question de manger et boire, de voir du monde de près, de tisser des liens, de garder la peste loin. Ça tournait mal ou ça tournait bien, on ne le savait jamais tout à fait, il s'agissait d'aborder ou de se laisser aborder, selon le courant et le vent qui décidaient vraiment, c'était un genre de bon voisinage, de troc étrange, un peu de poisson pour quelques chandelles, un mousse même parfois contre un quelconque médicament, et puis le crime pour le plaisir du crime, mais moins méchamment que sur le plancher des vaches. La musique des flots apaisait les mœurs, j'imagine.

Et nous étions plusieurs en symphonie de survie…

❏

Nous étions des dizaines et des dizaines, en fait, de navires s'entend, paquebots, cargos, *overpanamax*, *liberty-ships*, vraquiers, bananiers, *tramps* ou *ferries*, marie-salope, trop près du port, le fuel qui restait ne pouvait nous amener plus loin. Le seul large, c'était ici, à vue des quais, juste assez loin de la folie des hommes, à la frontière, espérionsnous, de la mort de la peste et des méchants avec leurs machettes pour seulement s'amuser.

Saufs on serait, *inch'Allah*, même à juste quelques pas.

On était pareil, quel et quelle qu'on soit, on flottait, puis on mourait moins qu'à terre, c'était le grand large, j'imagine, même de près, le large, l'air marin faisait du bien.

Puis, pas de maudits voisins!

Au large, c'était moins facile d'avoir notre peau.

À peine, mais enfin.

Plutôt que des voisins, c'était mieux, les pirates…

❑

Un matin pluvieux, Rosaire s'est souvenu qu'il avait été un artiste autrefois.

— Blanca, je nous fais un pavillon de pirate, tu verras, ce sera beau, avec mes os et mon crâne et tout ce noir.

Quel adolescent, vraiment…

J'aimais bien les artistes qui mettaient leur for intérieur dans leur œuvre.

— Beau, ce sera, frère de Lomer. Et fais-leur peur, aux autres bateaux, avec notre drapeau!

Mais il avait oublié, Rosaire. Qu'il avait été bon, en art, je veux dire. Son pavillon de pirate, avec ses os et son crâne et tout son noir, était juste naïf et touchant, mais profond, comme un enfant peut l'être dans le naïf de son art…

Nous l'avons hissé haut, envers et contre tout. Mais l'Art est ingrat et nous sommes vite devenus la pauvre risée de ceux qui n'y comprenaient rien, à l'Art. Pire, des ratés.

Alors ç'a été comme si on s'était sabordés, plus de respect, plus rien à manger ou à boire, plus de liens humains non plus, sinon des rires, des insultes, de l'indifférence, puisque les autres pirates avaient cessé de nous prendre au sérieux.

Et l'Art, dans tout cela ?

Ça ne servait plus à rien, en piraterie, d'être couverts d'Art...

❏

Nous n'allions tout de même pas nous tirer nous-mêmes à la courte paille !

Notre marie-salope, toute touchante qu'elle soit, a donc dû retourner au port, sagement. Rosaire a su encore la piloter. Une fois accostée, Rosaire d'un coup a oublié tout son art marin.

Le port sentait encore le pourri. Je t'ai prié, Lomer, et Pierre avec moi, je l'ai senti dans sa petite main qui serrait la mienne. Les autres, y compris le petit pendu à moitié perdu, cherchaient leur souffle.

L'odeur de la mort au port a ce pouvoir d'étouffer.

Alors on est restés à bord. Personne ne voulait quitter le navire. N'importe quoi sauf la *terraférma*. Et ses assassinats, et ses fièvres. Ses ombres, tout près.

Je flairais la peste. Elle était en moi.

Comme semble-t-il au printemps, jadis, il y avait eu des bourgeons — et cela sentait le printemps —, eh bien, moi, j'ai eu des bubons partout. Et cela a senti fort. Je suis devenue une arbre, une printemps. Mais j'ai senti aussi que je ne verrais pas la saison prochaine. Ni mes feuilles éclore.

J'avais mille ans, et la peste dedans.

Heureusement, j'avais Pierre aussi, et Rosaire, et mes autres.

Théo, dans mes bras, m'a fixée. J'ai plongé dans ses yeux d'eau. J'ai compris alors qu'un chien pouvait faire qu'on meure un peu moins vite.

Pierre est arrivé en courant, en criant *Maman*, s'est jeté sur nous en riant, comme Rosaire qui s'était remis à me croire sa mère. Ti-Rat, triste dans son désormais ralentissement, avait l'air de vouloir mourir avec moi. Les étoiles noires dans ses yeux devaient être restées au ciel, elles n'éclairaient déjà plus ses prunelles, au petit, et comme il était au ralenti.

Même mes seins ne l'ont plus jamais fait vibrer.

Lui qui tant voluptueusement m'avait aimée.

L'Amour n'est-il rien d'autre qu'un peu d'air au cerveau, ou son manque?

Sa tristesse m'a décidée.

Je mourrais peut-être, mais lui aussi.

J'y verrais.

Je l'aimais assez pour.

25

La Famille, ça importe — faut croire ! — surtout quand on se meurt…

Alors, pour son bien, je l'ai tué, tirat, il souffrait trop de n'être plus rien, ou même pas l'ombre de lui-même. Je l'aimais trop pour le laisser juste exister. Il se traînait désormais, sur le pont de la marie, comme s'il voulait la vadrouiller, sans arrêt, avec son corps de plus en plus désarticulé, en riant stupidement, et Théo voulait l'embrasser parce qu'il le trouvait drôle dans sa nouvelle animalité et dans son ralentissement, et moi aussi je voulais ça, comme Pierre qui l'aimait bien, le petit, mais tirat avait cessé de se laisser embrasser, par quiconque et qui que ce soit, se traîner était devenu sa seule joie, à cause de mon *ignorement*, et de son cerveau qui était resté pendu dans le néant malgré le reste qui vivait encore, pour rien, comme la mandragore…

Son restant ne faisait rien d'autre que de se trimballer, et lui en souffrait tant, du seul restant qu'il lui restait.

Tue-moi, Démone, qu'il semblait me dire en traînant, comme jadis il me disait *Couchons ensemble, Blanca*. C'était le même sérieux, la même désespérance.

L'impensable lucidité d'une loque, d'un malaisé, d'un sauvé d'entre les eaux qui avait tué pour moi, et aurait tué encore et nous aurait défendus corps et âme contre tous les pirates de la terre, la peste, les fièvres, la fin du monde, il avait tout ce courage, lui, avant qu'il ne décide que je ne l'aimais pas assez et que la vie c'était trop, avant qu'il ne se pende et que je le dépende en espérant que, même mort, il pouvait renaître, mais totalement.

À quoi bon renaître juste à moitié ?

À rien.

Je l'ai donc tué.

La moitié qui restait…

❏

— On part en voyage, Ti-Rat, toi et moi, tout seuls, rien que toi et moi, mon Ange…

Voilà ce que je lui ai murmuré un soir, alors qu'il se traînait sur le pont comme d'habitude, les yeux vagues eau, comme son sourire qui s'est cependant précisé quand il a compris ce que je venais de lui murmurer, je l'ai compris à ce sourire raffermi, et à ses yeux qui se sont noyés dans les miens, si lumineux d'un coup, nos yeux, dans toute cette noirceur accumulée.

Il avait tué pour moi, mon Ange, bordel de merde, il s'était tué pour moi, ou presque, et maintenant je me voyais en train de me préparer à le tuer, mon Ange, par amour, par compassion et tout le tralala, et même si vivre ou mourir, en cette fin du monde, c'était à peu de chose près pareil, je m'égratignais l'âme quand il s'est juste lové contre moi, mon Amour petit, et qu'il m'a juste dit :

— OK !

Nous sommes partis en voyage, dès cet instant.

J'ai aidé Ti-Rat à descendre l'échelle de corde vers l'eau sous nous. J'étais devant et, quand j'ai senti l'eau, j'ai eu froid, mais j'ai persévéré.

On partait en vacances, mon Petit Amour et moi.

J'ai regardé en haut, il descendait comme un grand, le petit, et quand je me suis mise à nager en chien au bout de l'échelle de corde, mon petit rat d'amour m'a regardée en chien nager avant de faire son saut, pour m'y rejoindre, dans l'eau.

— C'est froid, hein ? quelqu'un a dit, c'était lui ou moi, qu'importe quand on part en voyage et qu'on ne va pas loin, juste au bout de nos bras.

On a fait les chiens, ensemble, dans la glu du port et avec la lune — oh, mon Dieu ! — qui s'était mise à éclairer, sinon la glu, du moins l'horizon gluant.

— On va où ? et c'était lui ou moi.

Lui ou moi avons répondu :

— Vers l'horizon.

On commençait à nager en chien, quand des jappements, justement, nous ont ramenés sur terre, façon de parler.

C'était Théo, sur la marie-salope. Il voulait qu'on revienne, ou nous rejoindre, il voulait juste jouer, et quand Ti-Rat a crié son nom, entre deux tasses d'eau, et l'a crié encore en s'étouffant de rire et d'eau, Théo ne s'est plus fait prier.

Théo a plongé de la marie-salope. Il nous a rejoints. En chien. Nous étions trois en chien, trois en voyage, subitement. À deux brasses du quai. Comme en vacances. Même la boue nous servant d'eau sentait bon. Et puis c'était moins forçant de s'y tenir à flot.

La lune, maintenant, éclairait même notre bout de la boue du port.

C'était beau, et on nageait en chien et en riant et les yeux de ti-rat s'illuminaient de lune, comme ceux de théo, et j'en enviais la noirceur lumineuse, de leurs yeux riants, moi qui pourtant n'avais aimé, avant, que les yeux qui étaient pâles et délavés, comme les nôtres, Lomer, j'en aimais d'autres désormais, c'était comme si je te trompais un peu, mon amour mort, mais puisque mort tu étais, peut-être le pouvais-je, question d'yeux, et puis, putain, j'étais en train de tuer mon petit maintenant, alors pas le temps pour la jalousie, les remords ou l'envie, j'y ai pensé d'un coup violent en plein milieu de ma baignade de vacances : l'heure était grave.

Mes larmes se sont mises à se mêler à la boue, nos mains et pattes se sont de nouveau frôlées et le souffle nous manquait, mais nos yeux couchaient ensemble et se promettaient des choses trop belles pour être vraies, et ils riaient d'y croire, nos yeux, à ces mensonges...

Et puis j'ai entrevu un doute sur tes lèvres qui riaient, Ti-Rat, et peut-être la peur dans le frémissement des babines de ton chien qui vaguait à l'âme, mais pas en vacances, avec nous, petit, et quand le remous t'a pris, t'emportant en voyage vers la mer, ton chien a tout vu cela, a gémi, m'a fixée comme devant un sale choix de chien...

J'ai entendu Théo, je vous le jure, m'aboyer *Adieu* quand il a choisi tirat, en plongeant dans le remous qui les emportait vers l'océan.

Et, encore je vous le jure, j'ai entendu les sirènes qui appelaient mes deux petits vers elles, les vraies sirènes, pas celles tonitruantes des navires, non, celles qui les faisaient couler, au contraire, les navires au large, et tous leurs toni-truants matelots, et puis leurs femmes qui les attendaient et les attendraient toujours sans savoir que leurs hommes étaient bien et fous, contre le sein perlé d'une femme de rêve, moitié poisson, moitié dieu.

Elles en prendraient bien soin pour moi, les sirènes, de mes deux hommes.

Et en revenant en chien jusqu'à notre marie-salope à quai, à mon fils Pierre, triste mais contente, j'imaginais tirat-théo enfin libres comme l'air, valsant dans l'eau, avec leurs sirènes plus belles que jour & nuit, valsant tout autour, et notre chien si content d'être là, c'était lui, Ti-Rat, son favori finalement, son vrai maître à Théo, et il le voyait son maître, et comme il semblait heureux et fort qui embrassait ces demi-dieux.

Ti-Rat n'était plus un demi-homme.

On serait bien ici, qu'il a pensé Théo, en rejoignant son maître et ses maîtresses.

Ils respiraient l'eau, désormais, et ne nageaient plus en chien, mais en poisson.

Et là-bas, cela sentait bon le chien mouillé.

Pas le poisson…

❏

Ils n'ont plus besoin de moi, j'ai pensé presque joyeusement en remontant la corde de l'échelle de la marie-salope.

Et je les ai trouvés si chanceux que j'aurais donné ma vie pour être morte avec eux.

Mais cela ne serait pas.

Je devais tenir jusqu'au bout, pour mon enfant.

Quitte à crever salement.

J'étais là, sur le pont, à dégouliner, sans vouloir déranger les autres qui dormaient. Pierre et Rosaire semblaient soudés dans leur endormissement. Ils étaient seuls à être bien.

Et puis, avec la lune qui éclairait n'importe quoi ce foutu soir, j'ai fouillé du regard par terre autour de moi, entre mes gouttes, et j'ai bougé sur place en espérant trouver ce que je m'étais mise à chercher désespérément, mon ombre, mon ombre qui n'était plus là, ni nulle part, plus d'ombre de moi, j'étais devenue une fille sans ombre.

J'ai cessé de me dégoûter. Je me suis juste mise à dé-goutter des yeux. Je venais de perdre mon ombre. ThéoTirat, j'étais sans ombre devenue, quelle horreur, et je pleurais comme une enfant, et la lune, devant mon désar-roi, a cessé d'éclairer quelque horizon que ce soit, en s'ex-cusant presque. Le noir du ciel a repris sa place, plus de lune, plus d'étoiles, plus d'horizon, comme il se doit, en cette ère de pestilence des nôtres.

Fille sans ombre, je me suis liquéfiée en larmes sur le pont de la marie, mais personne autour ne bougeait, trop faible ou trop endormi qu'il était, personne, alors j'ai décidé de tout fuir parce qu'inutile même à personne, mais de quel côté aller ?

Vers l'eau ou la terre ?

Le quai, j'ai décidé.

Je n'avais plus la force d'être mouillée.

Et puis les machettes avaient l'air de s'y être un peu tues. Pas d'agonie sur terre, ni de supplications dans l'air, pas de coupe-coupe entre avoisinants, il n'y avait plus rien à coupe-couper, j'imagine.

Mes yeux, on aurait pu s'y noyer dedans, tant je pleu-rais. Cela aurait été si tant plus simple, quand on y pense, pour mes deux adorés de s'y être noyés.

Ils auraient pu voguer là, dans mes larmes, j'aurais été la leur, de sirènes, dedans mes yeux couleur de piscine en Californie, on aurait été bien, non, dans les larmes de mes yeux ?

Psssssschittttttttttt ! c'était Ti-Rat, dans mes oreilles, qui me rendait la monnaie de ma pièce. *Fous-nous la paix,* qu'il me criait d'entre ses sirènes et Théo, *laisse-nous là où on est bien, Blanca, et va ton chemin, assume, bordel de merde !*

Je n'ai plus eu peur des machettes, finalement. Ni de la terre. Mon ombre était bien sans moi. Même mieux qu'avec.

Je ne me suis pas arrêtée à philosopher sur comment une ombre pouvait être mieux sans celle de laquelle elle était l'ombre.

C'était trop con...

J'ai sauté sur le quai.

26

Le port avait retrouvé, je ne sais où ni comment, les airs canailles de jadis, les airs que Lomer prenait plaisir à me raconter, entre deux amoureux spasmes, il y a de cela trop longtemps.

Canailles, oui, mais en bien moins poétiques.

Rien d'autre désormais, entre les montagnes de containers vidés, désarticulés et squattés, et les cadavres pourrissants, dedans ou dehors, que des tavernes où s'entassaient ceux encore vivants, malgré la peste ou la machette, pour se soûler avec ce qu'on pouvait encore trouver, ou ce qu'on inventait pour se soûler, des alcools de n'importe quoi, des vins dont on taisait la provenance pour ne pas horrifier celui qui s'en soûlait, comme la petite friture qu'on s'engouffrait là, elle n'était plus tant poissonnière qu'humaine — si vous voyez ce que je veux dire —, mais comme on dit, ce qu'on ne sait pas, on n'en souffre pas, alors tous savaient qu'ils bouffaient du voisin, mais tous faisaient semblant, dans leur petite friture, de n'y voir que poissons frétillants.

Je me suis installée.

J'ai mangé, j'avais faim.

Le voisin frétillait à merveille, c'était bon.

J'ai bu, de n'importe quel vin.

Si ivres qu'ils étaient tous, les tueurs ne faisaient même plus peur. L'alcool aidant, et d'où qu'il vienne ce grisant poison, les déjà tueurs et les futurs tués se sont mis à ne faire plus qu'un seul, dans ce bouge du port où je m'étais réfugiée, et ça s'est mis à chanter, alors que je finissais mes restes et mon vin goûtant le sang, et à danser entre les tables et les machettes, et la sarabande, ivre comme moi, m'a prise au vol.

J'ai dansé comme une folle qui n'aurait pas été en train de mourir.

Ça aussi, c'était bon, si vous saviez...

Et l'espace d'une nuit, entre tueurs et tués, j'ai tout oublié. Tous mes amours sur la marie-salope, y compris Pierre, j'en ai honte, et même toi, Lomer, tant c'était ma dernière soûlerie et que j'y mettais tout mon cœur, parmi tables renversées, vieux matelots renversés aussi, inconnus malades d'avoir tant bu ou juste malades, soit dans la tête ou le corps ou les deux, chasseurs ou chassés, à quoi bon continuer ?

Entre morts qu'on était, on s'est tous bien amusés.

Normal que j'aie oublié.

❏

Et au matin, un jeune et beau matelot, et toute sa triste tablée, m'ont rappelé que j'étais une femme vieille, même si j'étais plus jeune que toute sa tablée, et lui. Moins triste aussi...

— T'as quel âge, la vieille ? qu'il s'est moqué.

On venait pourtant de presque coucher ensemble, la Vieille et le Beau, entre tables et machettes, et moi qui pensais l'avoir fait si *sarabandé*, ce jeune marin plus vieux que moi.

Et toute sa triste tablée a ri.

Ri ?

J'ai eu honte d'avoir quitté salope marie.

Je me suis sentie tout comme je me suis vue dans le mépris de ses marins yeux, laide et vieille.

Je t'ai crié au secours, mon Amour.

— Quel âge ? que j'ai bredouillé sans ton secours.

Quelle question, en cette ère, stupide. Je ne savais plus quel âge je pouvais avoir.

Ma tête, que je ne rasais plus depuis longtemps, tournait, et j'avais honte d'avoir l'air si vieille, de plus en plus à chaque instant, mon foutu corps pestiféré reprenant ses droits sur moi, patiemment, et ce qui me tuait vraiment, c'était de penser que j'avais trop honte et plus assez de forces pour lui faire mal, au jeune mec, plus vieux que moi faut-il le rappeler, qui se foutait de ma gueule avec sa tablée. Je valais cent fois, non, un million de fois mieux qu'eux tous, mais je n'étais pas bien et, entre leurs jambes, leurs armes menaçaient, comme un pénis bandé.

J'en ai repris des forces, histoire de résistance.

J'ai rien dit de plus, les ai laissés rire, me suis faite petite, les ai détestés pourtant de toutes ces forces nouvelles.

Comment avais-je pu me laisser toucher par lui, le jeune matelot, et nous laisser presque coucher ensemble ? Son dédaigneux regard, et toute son attristante tablée, m'ont d'un coup effrayée, moi qui n'avais peur de rien d'habitude.

J'étais la Démone, après tout !

Mais il fallait, tant qu'à falloir, que je rentre à la maison. Maintenant. Avant qu'il ne soit trop tard. Pour retrouver Pierre. Rosaire. Ma meute. Je m'étais égarée, Lomer, j'étais ta belle égarée, Amour, et les gens, autour, avaient de drôles d'yeux, quand ils m'ont zyeutée m'en aller, ils ont senti le sang, ces yeux-là, j'avais trop l'air victime, j'imagine, avec ma honte, ma jeunesse fauchée et mes forces disparues.

Mon grand mal, noir comme peste.

Une louve blessée, moi, les pires…

❏

Je suis finalement sortie de ce foutu trou à rat, le plus petitement possible, et j'imagine que la triste tablée a dû se lever à ma poursuite, car je les ai tous retrouvés, entre le bar et ma maison, sur le quai.

Ils me voulaient du mal. Ils l'ont eu.

Mon CRI a enseveli le port…

❏

Souvenez-vous de La Gueuse.

❏

Mais je me suis battue, Lomer, comme une louve défendant nos petits, et c'est en sang et pliée en deux que je me suis traînée vers mon bateau, et c'est notre petit, justement, qui fixait les docks pulvérisés par mon cri, en espérant sa mère, que j'ai vu, et nos regards se sont soudés, et j'ai CRIÉ encore, mais de joie, et lui aussi, en courant vers moi, à travers la passerelle et ce qui le séparait de sa maman, c'est ce qu'il n'arrêtait pas de me crier — *MAMAN !* — tellement que je ne pouvais plus bouger, comme en extase maternelle de l'admirer, paralysée, oui, mais moins pliée en deux, parce que fière d'être de Pierre la mère, Lomer.

Toute droite.

Comme si c'était la Révolution et qu'il fallait arrêter les balles avec mon corps.

Et je m'agrippais, je m'amarrais, pour ne pas qu'il me renverse, Pierre, en sautant d'amour sur moi, et il s'approchait, mon ultime Révélation, de tout son mètre véloce, mon maître, avec les bras en croix et le rire de ses quelques dents éparses, *maman*, et je n'avais plus mal nulle part, pierre, j'avais toi qui courais vers moi, j'étais comme ton père, ce jour-là :

Immortelle...

Et, soudain, tu m'as tuée !

Net.

Juste en stoppant, Pierre, presque rendu sur moi, comme apeuré, un louveteau figé entre les phares d'une auto qui va l'écraser, la peur, l'horreur dans tes yeux, en me voyant de tout près et avec tout mon mal du monde imprimé dans mes chairs.

J'étais rouge communiste de sang et noire fasciste de peste et bleue mal des coups, un vrai drapeau que j'étais, j'aurais mieux fait d'aller flotter ailleurs qu'ici, vu que Pierre s'était mis à reculer, en me voyant flotter là, je n'étais plus *maman*, j'étais rien d'un coup, ou une sorcière ou un drapeau de pirate.

Je n'étais rien d'autre qu'un *faire-peur* : une *Épouvantaille*...

Je me suis mise à hurler, en voyant Pierre se retourner et se sauver vers le bateau en hurlant, et j'ai pensé que je faisais si tant plus peur, avec ma peau drapée, que le pauvre drapeau de rosaire, sur le mât de la marie-là.

J'étais mortelle, j'étais même moins, j'étais morte déjà.

— Pierre, reviens ! que j'ai prié Dieu, tout fort. Question de vivre. *J'arrive*, que j'ai espéré très fort et tout haut, dedans mes entrailles.

J'ai bougé, me suis mise à courir, comme au ralenti, moi aussi, vers mon fils, ma meute et mon bateau.

Vers ce reste de ma vie.

❏

J'étais à bout de souffle, de sang, quand j'ai atteint le pont-levis de notre château flottant.

Au bastingage, mes apôtres et amis avaient l'air de m'espérer, ou j'hallucinais peut-être, il y avait un doute dans leur œil, j'étais comme plus du tout au ralenti, ç'allait trop vite à vrai dire, même que je m'apprêtais à tomber à l'eau, étant donné, mon Dieu, que la passerelle avait été levée.

Je n'en ai pas cru mes yeux, ni mon âme.

Mes amours venaient de me mettre en quarantaine, pire, de m'installer sur le bûcher.

— C'est pas vrai! que je leur ai crié. C'est moi, Blanca, votre Démone, mais laissez-moi monter!

Le chœur, sur bastingage, a eu un haut-le-cœur, il m'a semblé, et c'était à cause de moi.

L'absurdité de la vie m'a prise à la gorge, comme un rasoir, ou un garrot tiens, le même effet, le même souffle dernier, j'en étouffais...

Ils n'ont pas fini, mes cœurs, de m'étouffer:

— T'es trop vieille, c'est quelqu'un d'autre, notre Louve, ça peut pas être toi, sorcière!

Ils ne me reconnaissaient plus, personne. Rosaire, je pouvais comprendre, mais les autres, et mon Pierre, j'avais la même senteur pourtant.

Mais mes quelques heures au port étaient venues à bout de moi, semblait-il, et d'avoir voulu du plaisir avec d'autres qui avaient voulu mon mal m'avait achevée, et après avoir perdu mon ombre, je venais de perdre — fallait bien me rendre à l'évidence — mon animale odeur, ma senteur, mon parfum Alpha...

C'est ici que l'animal et l'humain n'arrêtaient pas de se confondre.

Malade, entre les siens, on était bien vite mis à part, pour ne plus nuire, quoi de plus normal?

J'avais bien compris cela, malgré mon ivresse et mon sang et mes bleus, il préférait que je m'éloigne du clan, le clan, que je me perde dans l'ère ambiante, que je m'y enfouisse, m'y love, dans l'ombre, et m'y laisse mourir, comme tout animal mourant qui se respecte.

Ou toute femme.

M'ont fait vachement chier !

❏

Alors, moi, j'ai sauté à bord.

Vous auriez dû voir mon show de gazelle, d'antilope enragée, et tous m'ont admirée sautant, du dock à ma salope, à mes salauds qui m'avaient laissée pour morte au quai, je les prenais d'assaut, mes beaux, je les abordais comme la pirate que j'étais, je les sabordais même, il ne me manquait que le crochet au poing, et la barbe, et le perroquet, tiens, sur mon épaule, j'étais bien et j'ai amerri au sein d'eux, sur le pont : *Mère*, qu'ils ont tous clamé d'ailleurs, en se prosternant.

J'étais heureuse qu'ils se prosternent, pour leur mieux-être, j'étais comme fâchée d'avoir été trahie, laissée pour morte par eux, en infinie quarantaine, parmi les tueurs trop heureux de m'avoir.

Les victimes tant manquaient.

J'en avais marre et mal et j'étais très, mais très *trahie*. J'avais envie de couler le bateau, de nous tous foutre en l'air ou en l'eau, en Christ j'étais, ils m'auraient laissée mourir sur terre, si je n'avais été antilope ou gazelle, avec toute l'impulsion du monde dans mes jarrets maigres mais nerveux, et puis le second souffle, l'instinct de survie, le miracle et la magie.

J'aurais tout fait sauter, tant pleine d'élan, de jarrets j'étais, j'aurais sauté l'Everest, fait sauter la baraque : j'étais en feu.

Deux petits m'ont refroidie. Ils se sont lovés contre mes nerfs, mes deux petits, et m'ont ronronné *Maman*, et j'ai fondu contre eux, me suis *louvée*, Pierre et Rosaire m'avaient reconnue, avait ressenti mon odeur.

Voila tout ce qui comptait.

Je me suis faite *pardonnante*.

Et un à un, mes ex-loups, tant morts que vivants, tristes chenilles maintenant, ont rampé vers nous trois dans l'aube, s'enroulant amoureusement en un ultime cocon immense, agglutinés tous ensemble en miasme, et nous étions bien, et notre respiration s'est accordée pour n'être plus qu'un seul et même souffle, et notre marie-salope s'est comme agglutinée avec nous à travers son pont, son âge, son pontage et, contre l'aube qui étirait l'ombre, la marie se refermait sur nous et s'accordait au souffle de tous, le cocon, c'est devenu elle et nous, et tous ensemble on a attendu l'apothéose : nous allions devenir papillons...

27

Les aubes ont passé.
Ni nous ni le bateau n'avons bougé. Même les fous, au port, nous ont laissés tranquilles. On était comme invisibles, je pense. À l'abri des abordages, des machettes, des docks, de la faim et de la soif : combien d'aubes ont passé, impossible à dire, elles ressemblaient trop aux crépuscules, les aubes, à tout le reste d'ailleurs, jour ou nuit, mois ou an, c'était tout pareil, siècle et millénaire compris…

Quelle importance, quand insecte on est et qu'on est en train de se métamorphoser ?

On s'extasiait, sans manger ni boire, ni bouger, à se métastaser ainsi, cocon de cancer, dans le tréfonds de la Marie, et qu'elle meure aussi tout navire qu'elle soit, parce que tout mourait en cette apocalypse, fer et peau, homme et machine : Terre…

Rouille.

Puis, un matin, mes yeux se sont remis à voir. Nos ailes m'ont surprise. Du cocon original, du miasme de mes loups, de tout notre *louvage* ultime et les aubes, il ne restait que moi, Pierre et Rosaire. Avec des ailes de papillons. Des couleurs d'un autre âge. Comme une éternité de beauté.

Nous nous sommes envolés, tous les trois, nous avons pris notre envol vers des ailleurs meilleurs, une ère nouvelle, et on volait comme des fous au-dessus de tout, la terre, la marie, la vie.

Mais la vie se mourait…

Alors la marie-salope et le gluant de son pont attendaient notre écrasement, la pourriture des restes des miens attendait aussi, et bien que bels anges, nous trois, l'espace d'un souhait, d'un petit instant magique après cette *méta-morphosante* éternité, nous nous sommes affalés comme des poissons volants qui auraient trop volé, comme un poème dans les airs qui devient con par terre.

Nous n'étions pas papillons, non, nous étions volants poissons, mais sur un pont au port, étonnés et à bout de souffle, mourants à vrai dire puisque ne respirant plus d'eau, l'air des quais avait cet effet sur les quelques poissons avec des ailes qui osaient s'y aventurer : elle nous tuait, l'ère.

Et comme j'en avais marre de mourir, j'avais l'impression que, depuis Lomer, je ne faisais que ça, mourir, et pourtant on ne meurt qu'une fois supposément, faudrait que ça compte, la mort, mais non, c'était rien d'autre qu'un hobby, un déjà-vu, on mourait pour un rien, et ça recommençait parce que tant que vivant on était, c'était cela, le passe-temps, c'était comme une loto, puisque tout le monde allait mourir d'ici peu, on essayait de savoir quel numéro on avait pigé, dans la lignée des derniers encore vivant sur terre.

Mort maudite…

❏

Ce soir-là, nous avons dit adieu à notre marie-salope, nous autres qui restions encore, moins papillons vraiment que gluants poissons, entre ciel et mer perdus, et la terre ferme nous a semblé, bien sûr, sans oxygène, et dans le noir

des docks, on s'est tenus/soutenus tous trois qu'on restait, de ma meute, de mes disciples, de tous mes petits
anges venus de l'enfer et en enfer retournés, c'étaient des
durs, mes anges de l'enfer, demandez-le à Ti-Rat avant
qu'il ne soit devenu plus dur qu'eux, il en bavé avec ma
meute pour être d'entre elle, *pas vrai Ti-Rat*, et je le sentais
contre moi qui vadrouillait les docks, mais c'était pas vrai,
je cherchais autour et il y avait Pierre et Rosaire, il y avait
moi, et puis le noir plein de bruits qui font peur, et c'était
comme si j'avais oublié qu'ils étaient en voyage, Ti-Rat
avec Théo, chez les sirènes, c'était même moi qui leur
avait montré la voie, et ce n'était plus les bruits du port
qui me faisaient peur, d'un coup, c'était l'absence de mes
deux-là et l'*oubliement* que je venais d'en avoir qui m'ont
forcée à chialer, avec toute la désespérance de la cité vers
laquelle on s'était mis à monter, malgré le flot du mal et
de la boue qui se déversait vers son trou du cul, la ville,
vers le port et quelque part sa mer, c'était un tsunami
comme, mais à l'envers, et contre lui on montait, se
tenant/soutenant, ailleurs qu'en soute justement, enfin,
on montait sur terre.

Après tout, les poissons avaient déjà fait cela, non ?

Cela s'appelait l'Évolution…

❏

On courait même en montant, contre vents et marées,
vers la seule espérance qui nous restait. J'avais Pierre dans
les bras, Rosaire suivait en riant, il avait oublié depuis
longtemps pourquoi on montait en courant, il devait penser que d'en haut, ce serait plus beau, avec la ville en bas et
le port, il devait espérer apercevoir, toute petite, notre
marie-salope flottant vide en bas, ça l'amusait d'y penser
j'en suis sûre, alors qu'il sprintait tout excité, devant nous

maintenant, vers un quelconque et incertain horizon que nul feu n'éclairerait plus jamais.

Le feu n'avait pas été inventé encore, mais vous l'avais-je dit?

Non, je divague…

Peu importe, j'avais pierre soudé à moi, et rosaire tout près qui courait, et alléluia, j'avais comme retrouvé des ombres, j'étais légère ou plus lourde, ça dépend, c'est pareil, et puis j'avais une chance de n'être pas morte tout à fait, et sans oublier, bordel de mer, que nous courions tous les trois, avec toutes nos ombres, vers le Salut, le seul qui restait, avec un *H* en néon encore grésillant, HÔPITAL s'entend, le seul encore dont on disait qu'on essayait d'y sauver la vie.

C'était cela la rumeur, et nous nous dépêchions vers elle, la rumeur, histoire de la confirmer.

Imaginez seulement…

Quelques jeunes docs au sommet des docks — avec vue sur —, des docs fous, mais complètement — fallait être fou pour n'avoir pas tout à fait abdiqué… —, avec plein de front et pas de frontières, osaient encore se battre contre le mâl.

On venait de partout, d'autres pays, de loin, pour que ces fous se battent pour nous.

Ils étaient si jeunes pourtant.

Si délicats.

Notre seul Bien qui restait contre le Mal.

Alors on affluait vers eux.

Quand on a le mal, c'est l'afflux.

On afflue toujours vers le moindre mal.

C'est bien connu…

❏

Nous étions prêts, et près : une *luck* humaine !

Si près que ça n'en finissait plus, ces rues qu'on escaladait vers le cap, ce miraculeux *H*, des docks aux docs, et moi, je perdais mes forces à vue d'œil, j'allais de plus en plus mal, chaque pas m'arrachait le cœur et je crachais le sang.

Pierre se débattait dans mes bras.

Peste maudite !

J'ai passé Pierre à Rosaire.

Et je continuais de monter en apercevant, au passage, mon image reflétée, dans les vitrines ou les flaques de pluie, et je changeais tant et si vite que je n'étais plus sûre d'être même moi-même, seul ton nom dans mon front m'identifiait encore, Lomer, et je rageais en essayant d'apaiser Pierre, qui moins que moi encore avait l'air de me reconnaître…

Rosaire — c'était normal ! — s'était mis à oublier tout, sauf Pierre. Pierre était tout l'objet du restant de sa mémoire, il ne restait plus de place pour autre chose, j'imagine. C'était son enfant, son père, son frère, son tout important à Rosaire, Pierre.

On rampait vers le haut de la ville, Lomer, *ils vont me sauver, pas vrai ?*

Je marmonnais cela dans mon sang dans ma bouche, et cela commençait à sonner arabesque…

J'avais déjà été plus belle, Lomer. Et plus jeune aussi, imagine juste, j'avais vingt ans, maintenant, et j'avais l'air d'en avoir mille. Maudite maladie, vie maudite. *J'avais été belle, pas vrai, avant ? Dis-lui, à notre enfant, il a peur de moi, et dis-le aussi à ta Gueuse*, et je me retiens d'ici sacrer, *j'arrive en haut bientôt et je la veux ma place entre vous 2, c'est bien le moins, Lomer, nous avons Pierre, nous. Pas ta Gueuse…*

Jalousie maudite, hein ?

28

Et il pleuvait des cordes, encore et sans cesse et toujours plus fort, rien d'autre qu'une pluie acide à vous brûler les yeux, à vous trouer la peau, pas un déluge biblique, non, pas de révélation, pas de dieu tonitruant, juste la pluie, forte et décapante, d'une Terre agonisante, se mêlant aux vents et transformant les rues désertes en rivières de boue, si terribles à monter, avec deux enfants, la pestilence et toutes les fièvres du monde sur le dos et mon front en feu.

J'ai abdiqué.

Cessé de monter.

Me suis couchée par terre.

Comme si mon dos avait été fouetté à mort et qu'il était comme mon front.

En feu.

Fiévreuse, j'allais m'endormir, quand Rosaire m'a crié :

— Maman, on est arrivés ! Regarde, c'est ici !

Ça m'a réveillée net !

J'ai regardé partout autour, vers le haut surtout, pas le ciel, non, je n'avais plus confiance en lui, mais vers la ville haute, vers ses hauteurs et l'hosto qui pouvait me sauver, selon la rumeur, et je ne voyais rien sauf un rideau d'eau et, à travers, quelques brillances et des silhouettes, d'édifices ou de gens fuyants, et je m'efforçais pourtant de bien voir, mais c'était trop dur, et j'allais refermer mes yeux et mes oreilles aux énervements de Rosaire quand un *H* dans la nuit s'est mis à grésiller, néon vert et pas si près, mais pas si loin que cela.

Je me suis battue contre mes paupières pour qu'elles nient leur dangereuse lourdeur.

Baroque, vous dis-je.

Alléluia, nous étions arrivés, ou presque…

❏

On s'est remis à monter, vers le *H* et son néon vert dans le noir. Et plus on approchait, et moins il était proche. On y était, puis non, il fallait continuer. Juste un peu encore, merde, le *H* allait grésiller ailleurs, dans le noir de l'autre coin de rue, à cent pas, comme en mille, comme en un million…

L'hôpital n'était jamais là. Ni le miracle. Mon miracle était un mirage.

Et aussi les docs…

Il n'y avait que mes docks de vrais, dans le bas du cap.

Tout ça pour cela?

Tout ce chemin pour rien?

Je n'ai même pas eu la force d'y retourner, au port. J'aurais pu m'y laisser glisser, j'imagine, en me jetant dans les ruisseaux de boue qu'étaient devenues toutes les rues en pente, et qui se déversaient vers l'eau du port, à l'autre bout du monde on aurait dit. Mais contre le courant, nous faisions tout pour remonter encore et encore, vers mon salut, trois saumons pacifiques tout prêts à mourir pour vivre et sans rien d'autre à attendre, de tous ces fulgurants efforts, que les griffes du grizzly, tout près.

À l'affût du saumon qui remonte.

Lomer, comme j'étais fatiguée, si tu savais…

29

Je n'ai jamais trouvé mon mirage, mon Amour, j'ai juste trouvé le grizzly à l'affût et sa patte en griffes plus vive que la lumière.

Je me suis effondrée, c'est tout.

Il faisait jour.

Pourtant, c'était de plus en plus la nuit dans mes yeux.

J'étais en train de mourir, Amour à moi.

— À moi ! que j'ai crié, silencieusement.

Je venais te rejoindre, Lomer, mais Dieu que j'avais peur.

J'avais juste vingt ans, putain !

Et puis j'en avais plein le cul de crever, bordel de merde…

❏

Ici, cent ou mille autres pages pourraient s'ensuivre.

Mais pourquoi, quand tout était dit ou presque ?

Et puis, il n'y avait plus d'arbres.

Quelques mots suffiraient, une branche ou deux d'olivier, à peine.

Sauvons la planète, bordel de ma mère…

30

On vit dans le présent, comme on y meurt.
Pas de regret, pas de rêve.

Fini le gaspillage.

Mon temps est compté, donc, parlons au présent !

C'est maintenant et toujours sale, la mort. *Dyin's dirty business*, et comme c'était vrai, cette chanson qu'on chantait, nous autres punks de douze ans, avec ce chanteur laid à faire peur qu'on adorait pourtant : « *Life's a bitch, Bitch, but death might be worse, blood & brains make a mess, dyin's dirty business* », et tout le tralala…

Mais je m'égare au passé.

Présentement.

Le sang sent fort, quand il écume, et on ressemble à un cadavre bien avant d'en être un tout à fait.

— Tu sens bon, maman ! et c'est Pierre ou Rosaire ou les deux qui le disent, et cela me ravit.

Je ne les vois plus mais j'entends leur voix en stéréo avec celle du punk laid qu'on adore et sa chanson en anglais dans ma mémoire.

Et je me souviens qu'ils avaient l'air bien, la dernière fois que je les ai vus, mes deux ravissants petits, il y a quelques instants à peine, et ça me fait du bien de les savoir, eux seuls sans doute et dans toute la cité, tout l'univers peut-être, plus forts qu'un Mal qui, dans le fond, n'a même plus envie de jouer parce qu'à quoi bon, il est le plus fort, le Mal, en principe et en général, et même si quelques-uns s'en sortent, la peste s'en fout finalement — pourquoi en faire un plat quand on a déjà trop mangé ? —, et bien que tous ne meurent pas, tous sont d'une quelconque façon touchés, c'est tout ce qui compte, non ?

La Peste Se Repose,

En Attendant,

Repue...

Life's a bitch, Bitch, et ma mémoire tourne comme ma tête tourne, et je suis en train d'oublier comment ils sont et comment je me sens : l'*antimémoire*, comme il y a l'antimatière.

L'antimoimême.

Et je pense, *Blanca, laisse-toi pas mourir en anglais, Bitch !*

— Vous aussi, mes Anges, vous sentez bon ! que je réponds ou à peu près, vu mes mâchoires en train de s'engourdir, c'est pas très clair ce que je baragouine, j'imagine, mais comme c'est vrai, je suis encore capable de renifler et ils sentent le resplendissement de la vie, mes deux petits, et c'est le parfum le plus rare qui existe désormais, en cette ère de fin du monde.

Alors, on se met à moins se parler et à plus se flairer, entre loups, nous, question de me prolonger un tant soit peu, de ne pas trop hâter mon agonie, histoire d'odeur contre instant de vie, souffle vital ou juste économie des forces.

Parler est si épuisant pour une louve mourante.

J'hume eux, la ville et la mer, la terre tout entière, voulant mourir la plus *sentant bon* possible, ou juste gagner du temps, et l'on sent que tout va bien, que la vie revient, et c'est con que, moi, je parte juste au moment ou la peste, elle aussi, s'en va.

La peste, c'est vraiment bête, mais c'est tout ce qu'on mérite.

Et quand on a bien ce qu'on mérite, la peste part, contente.

C'est aussi bête que ça.

Trois petits tours, et puis s'en va…

❏

J'aime plutôt mes pensées mourantes — elles sont profondes, je trouve —, et je persiste et signe en pensant que nous transfigurent toutes ces profondeurs de l'âme alors qu'on meurt, primo, mais aussi juste avant qu'on naisse, secundo.

Pierre, à l'instant même où il est sorti, a eu toutes ces fulgurances. Il a su, par exemple, Qui est Dieu? Et c'est quoi, le Big Bang? Le Baby boom: facile! Quant au Trou Noir et $E = MC^2$, on parle ici d'évidence même, hors mon ventre et dans son petit cerveau explosant d'entre mes cuisses…

Mais cela serait trop, Dieu y voit, ou le Diable.

Tout s'oublie net, quand on coupe le cordon.

Heureusement, sinon on naît autiste, je pense.

31

أنا سوف أموت ولكن ابنى سوف يرى فلسطين, cela doit avoir l'air de ça, mes derniers mots, ou de ceci peut-être זיכרון, אהבה, אחווה, שלום, כבוד: מילים, comment tout ça résonne dans l'air et le sang, le râlement, difficile de mettre en lettres les râles agonisants, alors l'arabe et ses arabesques belles, c'est parfait, et à l'hébreu marié, c'est plus que parfait, rauque et sanguinolent et pas évident, comme la Paix j'imagine, ils sont exotiques et plaintifs, mes sons, mes mots derniers pour ceux en train de veiller mon agonie — je meurs en français après tout ! — et moi j'y mets toute mon âme et toutes mes forces pour qu'ils me comprennent, mes deux petits qui m'écoutent : on dirait du sanskrit, je pense, ou de l'espéranto, mais de celui de celle qui n'a plus rien à espérer.

Seule l'immense lamentation de la fin, en quelque langue que ce soit.

J'essaie tant, pourtant, d'être comprise.

C'est tout ce qui compte, et le temps manque, mais mes mots dans mes maux s'empêtrent, se mêlant au sang entre mes lèvres bleuies, faisant des bulles, bêtement, et ces mots allant être mes derniers, j'essaie de tout mon pauvre instinct pour qu'ils soient français au moins, et compris, et jamais oubliés par les deux à qui je les adresse, ces morts mots, et je les imagine tout près, mes deux petits, mais j'ai beau articuler malgré les muscles figés de mes mâchoires, et fixer le noir dans mes yeux clair obscur, je fais des bulles et n'aperçois déjà plus leur moindre silhouette, pas même leur ombre, à Pierre et à Rosaire, mais je les sens là, surveillant ma française agonie toute en arabesques moyen-orientales, belles mais que seul Dieu aurait pu déchiffrer...

Et puis, Dieu merci, mes mots bulles dans mon sang éclatent en résonnant enfin clairement dans l'air :

— Faut m'oublier, mes petits, faut surtout pas oublier de m'oublier...

C'est mieux, je pense.

❏

Mes yeux pâles deviennent d'un coup si noirs, que plus noirs que ça, tu meurs.

Alors, je suis morte.

C'est la vie.

32

Rosaire, avec Pierre dans les bras, veille le corps de Blanca. Ils font le deuil de leur mère, en attendant la collecte.

Après, les deux s'en vont.

Heureusement, ils s'ont…

❏

Tout s'oublie, c'est la vie, et tout le ciel gronde et s'illumine.

Ce n'est ni le tonnerre ni la foudre.

C'est juste la Gueuse qui rit, et le feu de Lomer qui allume leur américaine.

Celle de Blanca aussi, Blanca qui jamais ne fume.

Blanca s'étouffe un peu mais trouve ça bon.

Ça l'étonne, son tonnerre.

À la Démone.

❏

Et puis si tout l'horizon blanchit, et que ça tonne et éclaire dans son centre du monde, l'horizon, ce n'est rien d'autre que Blanca qui fume et qui *flashe* et qui trouve qu'être morte, c'est mieux.

❏

Le feu vient d'être trouvé, au bout d'une putain de Marlboro.

L'Âge de Pierre peut commencer…

Dans la même collection

Donald Alarie, *David et les autres.*
Donald Alarie, *Tu crois que ça va durer ?*
Émilie Andrewes, *Eldon d'or.*
Émilie Andrewes, *Les mouches pauvres d'Ésope.*
J. P. April, *La danse de la fille sans jambes.*
J. P. April, *Les ensauvagés.*
J. P. April, *Mon père a tué la Terre.*
Aude, *Chrysalide.*
Aude, *L'homme au complet.*
Noël Audet, *Les bonheurs d'un héros incertain.*
Noël Audet, *Le roi des planeurs.*
Marie Auger, *L'excision.*
Marie Auger, *J'ai froid aux yeux.*
Marie Auger, *Tombeau.*
Marie Auger, *Le ventre en tête.*
Robert Baillie, *Boulevard Raspail.*
Katia Belkhodja, *La peau des doigts.*
André Berthiaume, *Les petits caractères.*
Lise Blouin, *Dissonances.*
André Brochu, *Les Épervières.*
André Brochu, *Le maître rêveur.*
André Brochu, *La vie aux trousses.*
Serge Bruneau, *Bienvenue Welcome.*
Serge Bruneau, *L'enterrement de Lénine.*
Serge Bruneau, *Hot Blues.*
Serge Bruneau, *Rosa-Lux et la baie des Anges.*
Roch Carrier, *Les moines dans la tour.*
Daniel Castillo Durante, *Ce feu si lent de l'exil.*
Daniel Castillo Durante, *La passion des nomades.*
Daniel Castillo Durante, *Un café dans le Sud.*
Normand Cazelais, *Ring.*
Denys Chabot, *La tête des eaux.*
Pierre Chatillon, *Île était une fois.*
Anne Élaine Cliche, *Mon frère Ésaü.*
Anne Élaine Cliche, *Rien et autres souvenirs.*
Hugues Corriveau, *La gardienne des tableaux.*
Hugues Corriveau, *La maison rouge du bord de mer.*
Hugues Corriveau, *Parc univers.*
Esther Croft, *De belles paroles.*
Esther Croft, *Le reste du temps.*
Claire Dé, *Sourdes amours.*
Guy Demers, *L'intime.*
Guy Demers, *Sabines.*
Jean Désy, *Le coureur de froid.*
Jean Désy, *L'île de Tayara.*
Danielle Dubé, *Le carnet de Léo.*
Danielle Dubé et Yvon Paré, *Le bonheur est dans le Fjord.*
Danielle Dubé et Yvon Paré, *Un été en Provence.*
Louise Dupré, *L'été funambule.*
Louise Dupré, *La Voie lactée.*
Sophie Frisson, *Le vieux fantôme qui dansait sous la lune.*
Pierre Gariépy, *Lomer Odyssée.*
Jacques Garneau, *Lettres de Russie.*
Bertrand Gervais, *Gazole.*

Bertrand Gervais, *L'île des Pas perdus.*
Bertrand Gervais, *Le maître du Château rouge.*
Bertrand Gervais, *La mort de J. R. Berger.*
Bertrand Gervais, *Tessons.*
Mario Girard, *L'abîmetière.*
Sylvie Grégoire, *Gare Belle-Étoile.*
Hélène Guy, *Amours au noir.*
Anne Guilbault, *Joies.*
Louis Hamelin, *Betsi Larousse.*
Young-Moon Jung, *Pour ne pas rater ma dernière seconde.*
Andrée Laberge, *Le fin fond de l'histoire.*
Andrée Laberge, *La rivière du loup.*
Micheline La France, *Le don d'Auguste.*
Andrée Laurier, *Horizons navigables.*
Andrée Laurier, *Le jardin d'attente.*
Andrée Laurier, *Mer intérieure.*
Claude Marceau, *Le viol de Marie-France O'Connor.*
Véronique Marcotte, *Les revolvers sont des choses qui arrivent.*
Patrice Martin, *Le chapeau de Kafka.*
Felicia Mihali, *Luc, le Chinois et moi.*
Felicia Mihali, *Le pays du fromage.*
Pascal Millet, *L'Iroquois.*
Marcel Moussette, *L'hiver du Chinois.*
Clara Ness, *Ainsi font-elles toutes.*
Clara Ness, *Genèse de l'oubli.*
Paule Noyart, *Vigie.*
Madeleine Ouellette-Michalska, *L'apprentissage.*
Yvon Paré, *Les plus belles années.*
Jean Pelchat, *La survie de Vincent Van Gogh.*
Jean Pelchat, *Un cheval métaphysique.*
Michèle Péloquin, *Les yeux des autres.*
Jean Perron, *Les fiancés du 29 février.*
Daniel Pigeon, *Ceux qui partent.*
Daniel Pigeon, *Dépossession.*
Daniel Pigeon, *La proie des autres.*
Hélène Rioux, *Âmes en peine au paradis perdu.*
Hélène Rioux, *Le cimetière des éléphants.*
Hélène Rioux, *Mercredi soir au Bout du monde.*
Jean-Paul Roger, *Un sourd fracas qui fuit à petits pas.*
Martyne Rondeau, *Game over.*
Martyne Rondeau, *Ravaler.*
Martyne Rondeau, *Ultimes battements d'eau.*
Jocelyne Saucier, *Les héritiers de la mine.*
Jocelyne Saucier, *Jeanne sur les routes.*
Jocelyne Saucier, *La vie comme une image.*
Adrien Thério, *Ceux du Chemin-Taché.*
Adrien Thério, *Marie-Ève ! Marie-Ève !*
Adrien Thério, *Mes beaux meurtres.*
Gérald Tougas, *La clef de sol et autres récits.*
Pierre Tourangeau, *La dot de la Mère Missel.*
Pierre Tourangeau, *La moitié d'étoile.*
Pierre Tourangeau, *Le retour d'Ariane.*
André Vanasse, *Avenue De Lorimier.*
France Vézina, *Léonie Imbeault.*

GARANT DES FORÊTS
INTACTES

Cet ouvrage
composé en Palatino corps 11,5 sur 14,5
a été achevé d'imprimer
en octobre deux mille neuf
sur les presses de

(Québec), Canada

ona fabel
von Sacer schmid
Contagion
nen ſehn darvon
de er an ſyſten
der Corvus auf der Wÿen
zahet nahe dere bei
t regnet die Peſten.

Quo non debe
fur ſeiner Piege
qui loquitur a
und deuet jen
wie mancher Er
das ihn tentor
Marfupium heyſt
und aurum bi